读诗

纸的形狀

2020年 第一卷（总第40卷）

主编：潘洗尘

编委：叶永青 朵渔 巫昂 宋琳 赵野 树才 莫非
耿占春 桑克 雷平阳 潘洗尘（以姓氏笔画为序）

长江出版传媒
长江文艺出版社

图书在版编目（ＣＩＰ）数据

读诗·纸的形状 / 潘洗尘主编. —— 武汉：长江文
艺出版社，2020.7
ISBN 978-7-5702-1497-6

Ⅰ.①读… Ⅱ.①潘… Ⅲ.①诗集 – 中国—当代
Ⅳ.①I227

中国版本图书馆CIP数据核字（2020）第079085号

责任编辑：谈 骁　　　　　责任校对：毛 娟
封面设计：天问文化传播机构　责任印制：邱 莉　王光兴

出版：长江出版传媒　长江文艺出版社
地址：武汉市雄楚大街268号　　邮编：430070
发行：长江文艺出版社
http://www.cjlap.com
印刷：哈尔滨永恒彩色印刷有限公司

开本：720毫米×1020毫米　　1/16　　印张：13.625
版次：2020年7月第1版　　2020年7月第1次印刷
行数：5886行

定价：39.00元

目录

没有邮戳的情书
马高明

我们：面对的手铐

没有成熟
就开始衰老
如果铺床
谁来饶恕我们
如果我们端起猎枪
谁在背后
谁替我们长起一身野兽的皮毛

谁发明了病
谁让我们误入森林
谁让我们发现了蘑菇菌
谁让土地穿上地衣
和鞋底一起排斥我们

谁在我们脸上投落白色的阴影
谁让我们把宗教当作解脱
谁又让吃饭来代表宗教
谁让睡去的人们无动于衷

从黑屋里探出的扫帚
赶跑了楼梯上的歌声
不愿风干的毛巾
唤醒童年的秋蝉
爬上摇摇晃晃的竹竿
为别人留下记忆

纪念章，铜矿石
百灵鸟的遭遇五光十色
龙虾的晚餐涌入海滨城市

剥掉温文尔雅的包装
哦……那夜女人的肘呵

拂晓醒来总是孤独一人
一动不动的眼睛谁来收养

我：漂浮的头颅

我是什么
我是面具
我是一种会变化的形式

狂欢极乐无限的淫猥形式
混乱而清晰的时空断裂形式
重复体验感觉存在的形式
繁衍无聊生命的形式
区别于男人和女人的形式

应该撕去的不是衣衫
而是自己的皮肉……
红豆如果相思
石头就最懂得爱情

人的真实摆脱了伴奏的真实
现象世界的含羞草居然有了名字
在我这种时候
在你这种时候
注定要成为痴癫的疯子

你：魅惑的形态

你是谁

你诱引庄子梦中的蝴蝶
你是正常秩序的破坏者
你是森林中的电锯
还是电锯丛中的一株柳
你是根茎叶的全部理由

你无形的手为我斟酒
我面对死亡却抢不过上帝手中的刀
我匍匐在浅溪向岸边爬去
想捧上沙滩一群欢蹦乱跳的鱼
哦，你陌生滑动的手

烟缸拼命地寻找烟蒂
无数糊涂在老太太的假发里
在大男人和小男人的心中呼喊：

让我沉沦吧，你的手
堕入深渊拯救的手
在我的梦里活着
在我的梦外死去吧！

小屋

已经坍塌。只剩下
那扇孤零零的门
被野风打开又关上
没有月亮。你听见
瓦砾中有嘧嘧的响声
你倒退一步，身影
刹那间浮现在门上
闪电提醒你
在这漆黑的荒野
脚印是必经之路

你想起
初次逃离小屋的时候

见证

那被你的渴望拽断的灯绳
像一条刚蜕皮的蛇
仍然摆出一副交媾的姿势。
不久,灯光的芒刺火辣辣地
扎进你的脊背,
她滚烫的手指使你想起
那个危险的门铃。
窗帘飘起
在她放大的瞳孔中
你看见两颗交叉陨落的流星;
被钉在墙上的另一个美人
也许再也不肯转过身来
留下了见证。
此刻,有多少可爱的孩子
第一次睁开惊恐的眼睛

你慌忙用湿乎乎的手
拧下灯泡,
在黑暗的夹层中
钟表轰鸣
红蚂蚁拼命咬啮你的脚心。
你终于被压扁
她掀开你犹如掀开一张白纸
她摸索着
捡起闪电中变得粗大的灯绳

此刻,有多少父母害怕
面对孩子

海的女儿

避暑的季节已经错过。
穿着透明游泳衣的
少女,搁浅后
平静地等待浪花
在她高耸的胸脯上
絮然开放,随即
凋谢。轮船已去往一处
不明的海域,
岸上的人们
忘记了

一个小小的遗憾就是
我从未见喇喇蛄
不知道,我和它与土地的
三角关系

曾经,我对一个乡下姑娘说:
"听,生活多美好,
喇喇蛄在高兴地叫!"
她笑弯了腰

我悄悄爱上了她
(她和城里的姑娘,不一样!)
她笑得更欢了,硬说
我是一只喇喇蛄

我满不在乎。
不知道,她和喇喇蛄与土地的
三角关系

每当我回忆起这一切
我的脑壁上就爬满了无数只
各种各样的喇喇蛄
我无法确定

准备阶段

我的脚下突然深不可测。
我恐惧，我对我的决定
生出无限狐疑。

跷跷板的另一端过于沉重。
灌木绕开我生长。
我还来得及反悔

无意中飘来的花园碎片
使我醒悟：我还没有轻到

一位美丽的公主
在一根危险的平衡木上舞蹈。
她不知危险，她幸福。

突如其来的另一个世界
不属于我。邮递员的电报
总是提前送到。
一次又一次，让我
为上路的时间苦恼。

节日

你走向河边
那是秋天
那是买不起彩色笔的季节

你没有忘记家
家很遥远

哭声
从远方传来

也向远方传去

猎物

多少年前
我曾追逐过一只野兔

草丛俯下身体
使奔跑的形象
格外突出

阳光若明若暗
呼吸时有时无

草丛突然耸起
黑红的血沫溢出眼珠

多少年后
那一声枪响
还常常使阳光下的镜子
陷入孤独

海伦娜
——给一枝蔷薇花

为什么走进希腊
便走进了一个神话
除了你
所有的人都沉入地下，
而我变成了廊柱
我的象征，你的家；
在迷迭香君临的花园里

新长出了一枝蔷薇花
新长出了一叶叶牵挂
蔷薇花，你是我的海伦娜。

希腊，希腊
你是我的天下
我的路，我的床榻；
蔓延到枕边的蔷薇枝
你是我的护照
你是我的绿卡。
我日日航行在爱琴海
我夜夜定居在伯罗奔尼撒……
蔷薇花，我的海伦娜。

我到过科林斯
我去过斯巴达；
我嫉妒奥德修斯
我热爱荷马。
我从没见过迷迭香
我从没去过希腊……
但是蔷薇花，你是我的海伦娜。

黄昏播种
黎明发芽；
左手是三角帆
右手是雪青马；
乳香树在长
常春藤在爬；
一颗心在我脉管里流浪
一只白鸽在你肩头安家；
洪水冲决了乳房
头发燃烧成火把……
哦……蔷薇花，我的海伦娜！

我从神话中偷走了她
我的蔷薇花。

希腊，希腊
是你让我步入了神话……
愿你日日光照她
夜夜浇灌她
那么希腊——
我就是你的天下，
我就是神话，
我就是你
我就是希腊……

蔷薇花，你真是我的海伦娜！

照片

从乌有之乡寄来一幅照片
我梦中的一座喧闹的花园

从此浇花成了我的病
撑着身体出入这博大的方寸

但我忽略了鸟，它们从照片里飞走
这间斗室重又阒然无声

而我依旧从泪腺汲水
照片里的土地泛出盐碱

终有一天这张照片被我寄出
又在梦中收回

天亮了，那些鸟归来
找不到了巢穴

在梦外唯一留下的
是四枚黑色的相角

春天

我在蜘蛛的绿血中找到了春天
郁郁葱葱，一片又一片
哦，我找到了春天。

冬天的床单就要融化
惊动死人的就是春天
春天，漂亮的假牙在书柜里生锈
哦，让我们尽情地咀嚼春天

谋杀，用一件钝器
追捕的行动就是春天
蜘蛛撒开密实的网
一切依然清晰可辨
春天从蜘蛛里破腹而出
春天的菜肴色香味俱全
哦，让我们纵情地消化春天

四月的闲话

合欢树还没有忘记冬天，
杨花柳絮已经尽情飞散。
四月，是乱穿衣的季节，
情人的表情也乍暖还寒。

我独自坐在阳台上，
点燃一支半截的烟；
楼下开阔地的野花丛中，
一只孤独的蝴蝶忽隐忽现。

小姑娘三两成群嬉闹着经过，
几个老人默默地回忆着童年；
也有一个年轻的乞丐，

仔细研究着每一张脸。

四月，是乱穿衣的季节，
我的衣服依旧怀念冬天；
睫毛上的积雪因而迟迟不化，
不过，四季的循环也许是欺骗。

四季之外还有一个季节，
有一回我无意中曾经看见：
那是一个没有水和火的世界，
没有老人，甚至也没有童年……

活着

醒来，一动不能动
那条绳索和你一道
完整地逃出梦中。

梦和现实的裂缝
在炫目的黑暗中弥合
像新婚之夜。

一切都在眼前
诱惑你
像昨天一样遥不可及。

呼救
没有回声
山用背影向你逼近。

城市也没有表情
这是四月
种树的季节。

你丧失了死亡的功能
犹如面对一位
因失望而暴跳的寡妇……

而你活着，活着
永远活着。

春天来了

春天来了
我们栽种了一棵棵
旗帜

春天来了
我们摘下了一顶顶沉重的
帽子

春天来了
我们烧掉了一朵朵
雪花

春天来了
我们又做了一次
加减法

春天来了
我们捡起又扔掉
记忆

春天来了
我们的骨殖
在微笑中哭泣……

霜降之夜

里所

霜降之夜

霜降的雨水此刻在响
我释放的盐挂在脸上还未洗去
早早就躺下了，床头的灯光照着
那个疯狂而疲倦的场景慢慢退去
我们都豢养起猛兽，柔软下来
你虚弱地陷在椅子里
读了一段白天的日记

这是个完美的世界，因为我们还能
击溃对方
多么费解的矛盾：我们的精神
并没有融进，我们的身体

我们不停追逐着它
充沛的花冠，脱尽了水分
在霜降之夜
我已交不出我的性，用于救你

星期三的珍珠船

当秋天进入恒定的时序
我就开始敲敲打打
着手研磨智慧的药剂
苦得还不够，我想
只是偶尔反刍那些黏稠的记忆
就足以沉默

要一声不出地吞下鱼骨
要消化那块锈蚀的铁
我想着这一生
最好只在一座桥上结网
不停地画线
再指挥它们构建命运的几何
我必定会在某一个星期三
等到一艘装满珍珠的船来

豪猪

一个男人发出奇怪的声音
冬夜我从他身边快步走过时
豪猪，这个词跳了出来
醉酒让一个人接近了动物
不，接近了我想象中的动物
我什么时候见过一只真正的豪猪呢
从来没有

螳螂

一只螳螂站在路上
秋天的阳光点亮
它羽翅的鳞片
四根细细的腿
支撑起饱满的肚子
两大前肢高举
如带刺双刀
当它机警的三角头
转向我的时候
既像刚刚起航升空的外星生物
蔑视地看了一眼地球

又像合掌的僧人
轻轻说了声
施主

鹅

当它伸长脖子直刺前方
扇开翅膀
啸叫着在我身后追咬
我吓得大哭起来
白鹅冠顶的肉瘤饱满而肿胀
两粒机警的小眼睛
闪着执拗的光
像极了一架直升机与一条蛇的
混合体

父亲一脚踹飞了那鹅
拽起我的毛衣领子
把我拎到自行车上
　"你知道鹅为什么敢
追比它大很多倍的人吗"
见我摇头
父亲说鹅的眼睛
像一个凸透镜
它所看到的一切事物
都变得很小很小
它才总有巨大的自信

多年以后我想起这场对话
眼见父亲种种集勇气
与自负于一身的时刻
眼见他经受的每一次挫败
我终于知道了
父亲就是那只鹅

东福寺

灌木团团
像圆脑袋的小沙弥
蹲在雨中
青苔闪光
绿色是会咬人的吸盘

细密的雨珠
从天宇飘落
树木的香味涨开
在桥与桥之间蒸腾
挂在松针针尖的水
亮如盏盏星星

我在此时回头
身后寺院的屋顶
端坐小叶枫林中
层层叠叠充满我的眼睛
我感到身处宋朝的震颤
眼泪忍不住涌出

太阳的魔术

在圣彼得堡郊外
雪花挂坠森林
冷杉、松树和桦树
透发着银白的暗光
稍远处平阔的雪原
飞过几只黑鸟
素缎般的寂静铺满临近极夜的天空
太阳突然睁开被云层包裹的眼睛
从两片眼皮中
挤出一股强烈的光芒

刹那间树梢都被黄金点燃
火线迅速蔓延
从一棵树传染给另一棵树
直到森林上下
金色和银色相互亲吻
草飞驰而过
鸟鸟的翅膀镀上亮边
太阳一路吐着火扑进海湾
金色构成了世界的麻药

吃龙虾那天

布法罗的阳光很白
他的牙齿在其中闪烁
没有树没有荫凉
我们的影子短到只能被
踩在脚下

大地上没有我们的婚床
也没有一间旅馆
可以放置我沸热的身体
他手心出着汗
我们甚至无法好好牵手

吃完龙虾我们就分别了
他用电影里的情节
警告我要懂得忘记
他说你要在四十五天内找到一个
匹配的伴侣不然
你就会被什么
东西吃掉

那天我在布法罗
等了他一夜

我梦见一架银色的飞机插进了
我的身体
醒来发现
月经染红了床单
就像初潮那次

尼亚加拉瀑布

数以万计起舞的水姬
摆动洁白的双腿
在北方的烈日下
汗水飘洒淋漓
闪着炸药的光芒

一大群白马飞奔过来
临崖腾起前蹄
却因为疾驰的惯性
纷纷坠落
嘶鸣声在谷底的深潭
慢慢合拢

尼亚加拉瀑布无始无终
如同上游的水神
忘了关上他巨大的龙头

一片叶子

北方的雪原上遇见一位老人
他扒开厚厚的雪层
取出一片褐色枫叶
让我带它去暖和的地方
回家我把树叶放进书架

有种氛围在房间里蔓生
我独自洗澡时
总听见水龙头里有人说话
睡着时
总感到猫在咬我的脚趾
今天我看到那片叶子上
生出一枚虫卵
米粒大小的白色肉体上
长着两颗黑色的小眼睛

新的人生

打扰了，需要贷款吗？无押金，出货快
宽带不限流量，买一年送一年
请问是李总吗？邀请您参加
在济南喜来登大酒店举行的
全球经理人高端论坛
亚运村租房了解一下
你好，你的房子准备出租或出售吗
你有一张免年费的信用卡可以领取
整体家装现在七折
……
尊敬的女士，请您一定不要挂断这个电话
只需要耽误几分钟的时间
您就能开启新的人生

青蛙的旅行

照顾游戏中的青蛙
像照顾一个孩子
为他收割三叶草
采购食物、帐篷、灯笼

为他整理行囊
为他抽奖般赢取一张平安符
最重要的是
给他取名
未来
未来坐着写一篇日记
未来在劳作
未来出去旅行时
喜欢去以前去过的地方
重复的明信片不断被寄回来
直到一天你猛然想起
已有半月没登录过游戏界面
未来被你遗弃在那个APP里
直到未来——
这个无法来到现实世界的胎儿
终将被你卸载

一个罐子

所有仪式结束之后
她才发现
原来停下来最可怕
时间静止又重启
桌上的白花
被称作遗照的照片
强调着一切都是事实
但她确实不知道
葬礼之后的第一天
人们通常应该做点什么
她想起从火葬场回来的路上
她收的那点骨灰
几欲从纸盒里漏出来
因此心中升起新的一个念想
她要找到一个完美的罐子

正是满街寻找罐子的过程
使她短暂地脱离了
无事可做的恐惧

夜曲

波浪从海面涌起
蝉鸣山林
瀑布在远处坠落
暴雨不断
奶奶的鼾声
电视屏幕上出现雪花时的声响
逝去的亲人黑暗中聚在屋外鼓掌

第二天清晨起床出门
看见被夜风吹落的杨树叶子
密密匝匝落满了庭院

板集

晚餐在一间小屋
五个人围坐
那张清末的方桌
奶奶有不吃晚饭的习惯
她看着我们
灯光下的儿辈人埋头餐饮
正进行着结束一天的最后仪式
这里的时间都用日出日落
和一日三餐切分
生病的人随便在身上挨一刀
休养几个月成为永远的病人
酗酒的醉汉双眼浮肿

出没三天消失五天
老年人都在担心她们的龙头拐杖
木头碎了怎么拼也不能还原
死神总是站在门口几米之外
如瞎子磨刀，大喊一声
——快了

我妹妹说灵魂不需要身体

他不时发来问候
叮嘱她吃饭
所有相亲对象中
他是最平和的一个
在钢管厂工作
不善言辞但真心可见
有次他们吃了羊肉
我妹妹说羊肉好吃
不久他便说再去吃羊肉
有次天冷他大着胆子
问她是不是手冷
然后轻轻拉了她一下
她看见他少了三根手指
三根还是两根
她说反正我不在意
我妹妹说灵魂不需要身体

文学与爱情

认识不久
我和他
还有他的朋友
傍晚在湖边散步

然后拐弯去小商店
买了三罐啤酒
我们坐在商店对面的
公交车站边喝边聊
他俩都是艺术青年
对世界怀有
美好的
想象
我说我是学文学的
在他家乡不远的那个城市
读的大学
"文学！"
后来他说听我说出这个词语
他就心里发电发光
并爱上了我
他形容那种感觉
"像一根钉子
干脆地钉进木板。"

空山

每天我都回到山中
只是静静坐着

如果逢上雨天
心就开始涨水
我总在想你的时候
释放出雨后松针的气味

有时灵魂从身体里飞出

在高处看着这个人

急促地敲着一扇
没有应答也没有动静的门
像一块热铁被投入冰水
滋滋冒着白色的雾气

蓖麻

我记得有一种植物的叶子
像一个个摊开的手掌
每一片都长着九根手指
我想了好久也没记起它的名字
在快要被砍头的时候
我大声喊出
蓖麻蓖麻

我记得他说
想从阴道钻进我的子宫
他希望我能生下他
如此我便会像爱一个孩子那样
无条件而永远地爱他
我记得我没有接话
我嗡嗡叫着
好像嘴里嚼碎了一把种子
蓖麻蓖麻

一分钟的树

韩东

默契

深夜，我们走在街上
听着两个人的脚步声
彼此不发一言。
有一种走向某处或者
任何一个地方的默契。
河边传来一个女人片段的笑声
那是被一个男人逗乐的（我猜）。
但听不见男人的声音。
这是另一种默契
滞留在此的默契。
我们很快地走过去了。

除此之外，深夜的事物就只有

眼前的这条直路。
河水奔流在附近的黑暗中。

两三个

两三个朋友，两三个敌人
两三个家人，两三个爱人。
不能太多，但也不能
少于两三个。

现在，他们（两三人）
坐在这里和我吃一顿晚餐。
其中有我的敌人、我的朋友

有一个曾经是我的爱人。

一道光照亮了杯盘狼藉
有一个人此刻只是位置
是一把沉默的高背椅。
但无须加以增补
——已经到了结束之时。

马尼拉

一匹马站在马尼拉街头
身后套着西班牙时代华丽的车厢。
但此刻，车厢里没有游客。
它为何站在此地？
为何不卸掉车厢？
就像套上车厢一样，卸掉车厢
并不是它所能完成的。
于是它就一直站着，等待着。
直到我们看见了它。
拉车的马和被拉的车隐藏在静止中
惨白的街灯把它们暴露出来。
如此突兀，不合时宜。
那马儿不属于这里。
我甚至能看见眼罩后面那羞愧的马脸。
你们完全可以在广场上放一个马车的雕塑
解放这可悲的马
结束它颤抖的坚持。
结束这种马在人世间才有的尴尬、窘迫。
没有人回答我。

放生

暮色中那辆车停在桥上
她从后备箱里拿出一条鱼。
变魔术一样，她要让鱼复活。
我们走向下面黑暗的河滩
魔术变成了神秘仪式。
比黑暗更黑的是那条水沟
她倒拎起塑料袋
鱼像石头一样落下去。
水面闭合。
"它还能活吗？"
"附近有人钓鱼吗？"
往回走的时候我没有回答。
作为仪式已经结束
但魔术尚未揭晓。
她能做的只是移走了桥上的汽车
至于黝黑的河水里是鱼还是石头
就很难说了。
或者是烂泥，或者是别的东西。

一位诗人

在他的诗里没有家人。
有朋友，有爱人，也有路人。
他喜欢去很遥远的地方旅行
写偶尔见到的男人、女人。
或者越过人类的界限
写一匹马，一只狐狸。

我们可以给进入他诗作的角色排序
由远及近：野兽、家畜、异乡人
书里的人物和爱过的女性。
越是难以眺望就越是频繁提及。

他最经常写的是"我"
可见他对自己有多么陌生。

风吹树林

风吹树林,从一边到另一边
中间是一条直路。我是那个
走着但几乎是停止不动的人。

时间之风也在吹,但缓慢很多
从早年一直吹向未来。
不知道中间的分界在哪里
也许就是我现在站着的地方。

思想相向而行,以最快的速度
抵达了当年的那阵风。我听见
树林在响,然后是另一边的。
前方的树林响彻之时
我所在这边树林静止下来。

那条直路通往一座美丽的墓园
葱茏的画面浮现——我想起来了。
思想往相反的方向使劲拉我。
风吹树林,比时间要快
比思想要慢。

奇迹

门被一阵风吹开
或者被一只手推开。
只有阳光的时候,那门
即使没锁也不会自动打开。

他进来的时候是这三者合一
推门、带着风,阳光同时泻入。
所以说他是亲切的人
是我想见到的人。

谈了些什么我不记得了
大概我们始终看向门外。
没有道路或车辆
只有一片海。难道说
他是从海上逆着阳光而来的吗?
他走了,留下一个进入的记忆
一直走进了我心里。

一分钟的树

看着一棵树
你能坚持多久?
最长的一次有多久?
在我的经历中最长的一次
大概不到一分钟。
有时候面朝一棵树
但你并没有真正看见它。
比在一张照片上还要平面
比窗前的树影还要暧昧
比"树"这个词还要抽象。
并没有心静如水的时刻
只映出一棵单独的树。
就算我的确看见了一棵树
也没有看见过"一分钟的树"。

致橡树

尚仲敏

海子自杀和我有关吗

1988年，海子来成都
在我那里住了几天
我们喝酒，聊天
但很少谈诗
因为我们不是一路人
我厌倦语言的歧义、隐喻、象征和繁复
我对海子说
我们都是小人物，为什么
不能老老实实，勤勤恳恳
写点身边的人和事
比如，看到一朵花
我会想到种花的人
肮脏、猥琐、每天劳作

只为有一口饭吃
但海子想得更多，他会想到
面朝大海，春暖花开
唉，我们面对面
谁也说服不了谁
他走后，我写了一篇文章
大意是，我和海子
今天还能默默相对，各怀心事
但用不了多久
他就是我的敌人

搞创作

从去年十月到现在
我只写了五六首诗
而且都很短
但给人的印象
我好像一直在写
这样也好
遇到不想参加的酒局
过去我说我在看电影
现在我会说
我在家搞创作

李白

于丹昨天在成都说，李白相当于半个盛唐
我不同意。唐朝289年
李白只活了61岁，皇帝唐玄宗
爱好诗歌，喜欢李白
可皇帝的心里，装了太多的事
诗歌可有可无，李白不能容忍于权贵
一言不合，愤而离去
后来参与政治争斗
在那样的朝代，李白没有被砍头
只是被流放，又被特赦
直到自然病亡，你们这些诗歌爱好者
该满意了吧

老友

一晃二十几年过去
时常见面，又时常不联系

有时惺惺相惜，觉得彼此都是人物
有时吵吵闹闹，拂袖而去
微信不回，电话不接
三观不合，相互贬损
那又怎样，见了面还不是一笑而过
遇到过坏人，打死他全家
大不了一命抵一命
唉，那样的日子不会再有
我们都是小人物
每天小心翼翼，诚惶诚恐
见到领导，马上起立
先自罚一杯
我们到底是什么人
谁也说不清楚

致橡树

前几天和几个领导
考察一个文化项目
晚饭点了四菜一汤
我都没有怎么敢吃
席间有一位乙方老板
自称文化人
大谈诗歌
部长听不下去了
指着我说
我给你介绍一位诗人
我连忙说
我自我介绍
我说，我叫余秀华
那位乙方老板
站起来说
久仰久仰
我读过你的《致橡树》

现代诗

前市委书记一直
在写古体诗
有一天，我对他说
写现代诗吧
写古诗你永远不可能
超过李白、杜甫
以他的智商
他马上反应过来
回答我
你的意思是
现在很多人写的都不是诗

我为什么不吃月饼

我同时也不吃汤圆
我有酒，你有菜吗
想起过去的一场恋爱
始于酒
止于汤圆和月饼

老师你好

我的一位小学老师
好像也没教我什么东西
但我一直想着他
他当年的日常生活是
抽烟、喝酒、骂小强
（小强是我同桌
特别调皮捣蛋）
今天教师节

我给这位老师打电话
他问我
人生三大幸事是什么
我回答
手机有电、包里有烟
不喝假酒
他哈哈一笑
连声说，你才是老师
你全家都是老师
教师节同乐

又见七夕

出门遇到一位
羞羞答答的男子
手中的玫瑰
看上去
有点不要脸
他要么出于礼貌
要么出于鬼火冲
他，毕业于剑桥大学
攀枝花分校
保健按摩、美容美发双学位
现在刚得了鲁奖
主修委内瑞拉语
和诗歌中隐藏得很深的隐喻

雨中的陌生人

雨天总让你心动
特别是深夜，雨落在树叶上
落在一个孤单行走的人

的雨披上　　　　　　　　　　就对他说
那个人是谁啊　　　　　　　　我唱一遍，你听
在窗口你是看不清的　　　　　唱完后
他为什么这么晚了　　　　　　这个家伙满含热泪
还一个人走在雨中　　　　　　说，哥，一看你就是个文化人
"星座不合是个大问题"　　　　我是成都市五小毕业的
你似乎帮他找到了答案　　　　你读的是哪个小学
但是雨，可能一直要下到天亮

我要跨上骏马

我要跨上骏马
真的，我跨上骏马后
你骑电动自行车
怎么追？
宝贝，我真的要跨上骏马了
日行千里，或夜宿万州
你只能眼泪汪汪
我为什么不带上你？
因为我的马背上
坐两个人太挤

出租车

晚上吃过饭
我的司机送客人回去
我上了一辆出租车
去另一个地方喝酒
出租司机一直在哼《映山红》
这是我喜欢的一首歌
但他唱得太难听了
我实在忍不住了

谈论小丑

桑克

爬楼梯

这么多年了，
我还在爬楼梯，
越爬越爬不明白——我究竟想明白什么？
爬楼梯的目的还是意义？
象征是可以具有太多含义的，
如果不是象征，我又说它做什么呢？
各种各样的楼梯，木头的，水泥的，
室外的或者室内的，出现过
危险，甚至为此伤了右腿。
飞机的舷梯，冷风从周围包抄过来，
我的思想是他们攫取的情报吗？
我抱着我的思想，用想象出来的
两只手，好像它多么珍贵似的，

好像它是多么罕见似的。
我抱着虚无，站在拐弯的平台处，
望着敞窗之外的花园或者更远处的建筑，
积雪对灌木又有什么企图？
有时，想不起来为什么在这里，
想不起来自己是谁。是谁？
松鼠还是野马？野马都在排队，
更何况爬楼梯的白云？

假想敌

他们肯定没有商量过，
如果有，他们得通多少时间电话，

或者发送多少字节的微信呢？
为了一个小人物，他们不至于耗费这么多
比钻石还珍贵的心神。
也许他们心意的彩桥相通，冷不丁地
一下子就想到了就这么干了！我还是不愿意
相信唯心主义的手术刀是这么应用的。
重在个人表现而不是家庭出身——那么表现
　成果
还是相当令人震惊的，几乎同时抹掉
合影照片之中的影像，几乎同时删除这个人
　的名字，
好像这个人从未存在过……
也许仅仅是不愿意看见相关符号而已，
感情的催吐剂五里一犹豫十里一徘徊，
那么又是因为什么呢？妒忌之类的浅盘子
是装不了多少液体的，那么是由于你伤害过
　什么？
放大镜没有找到相关痕迹，
你只能不理睬，而且用相反的信息安慰自
　己，
这里有的，那里有的……那么请问——
虚无的这里与那里又是哪里？
海燕或者青鸟飞过来，传播适宜的窍门——
时间是管用的，请你善待正在减少的
正在起作用的时间。

把风吹到脚后跟

日子比雪茄粗，
比汽车快。什么牌子的汽车？
冲锋枪牌。我看见一张憨屈的报纸
在学燕子同学跳舞。
它的左脚有点儿问题——夜窗对着我的耳朵
悄悄坦白的——但我没提醒它——

它的得意让左脚不得意。
夜灯向夜窗竖拇指，而我
根本没反应过来——两盏信号灯相撞，
一柄圆规折着跟头
直接从地段街这头翻到另外一头。
雪噗噗地吐痰，又潮又湿的
记忆眉毛相互纠缠，
自己把自己摁倒——它不想要我们了——
风抱着电话线又笑又哭。

圣伊维尔教堂上空的幻日

有点儿奇怪，
两个小太阳的心理活动
谁又能猜得出来呢？
伊维尔穹顶画，
每个人的绿眼珠又在盯着什么呢？

恐惧小组坚持的时间
比冬天短促，但是比起
买卖街和田地街交叉口
附近建筑之上美工绘制的
假窗子呢？

窗内油漆的蓝色
与幻日之光明显是不匹配的，
它与暗黑色的教堂剪影又是什么关系呢？
如果历史以之为镜又能看到
什么样的教训倒影呢？

又兴奋又惶惑的
拍照者引申的封建内容必将遭遇
巴士壁角安全锤的关心——
叮叮咚咚的小曲子又敲在谁的

小心脏上呢？

在密室里

我在密室里窃窃私语，
关于哀度或者过分明朗的海滩。
某员们在开会，而我和我的跟班
在圈套之外吃奶油蛋糕——
我没有怀疑过夜晚，但是
我也没有信任过它和夜莺一起
转述的柏树笑容。让她当众承认
她和痛苦的兴趣相爱
几乎是不可能的。她倔强地
屈起醋意的手指，并向他们的
光辉摇晃起来。回忆的商业价值
近乎无限消费的赠券，阻止着
任何一种将历史陈迹与现实
——对应的曲线救赎——
而电子游戏竟然将想象与虚构
同时置于王座之上，甚至
试图给敌人写信，羞辱或者
炫耀，或者仅仅是显示
正向两侧劲撇的嘴角。但愿他们
能看懂或者受到应有的
生物电刺激，心甘情愿地收藏
牺牲者好奇的阴冷影像。

四月八日的雪

雪没有眼力见，
没头没脑地下起来，
完全不管刚才雨的铺垫，

更别提大嗓门的风。

雪的即兴发言，
让高高在上的主持人
慌了起来，驱赶柳树萌芽，
试图遮挡真相。

肯定是来不及的。
不明事理的围观者
为雪的舞蹈而欢呼起来，
并且举起手机。

鹅毛般的雪，
出现在四月九日太易引起
关于传统文化的联想。
哦，不恰当的联想。

而我坚信雪的降临
仅仅是凑巧而已，正如
某义的显示仅仅是一时兴起
或者茶叙的交谈刺激。

那么就单纯地看待
雪的表演吧，从上到下或者
草率地消耗时间，消耗
霁虹桥的检验。

怀旧感

在托托耳蒂
到海耳蒂的火车上，
血红色的单簧管吹奏着
一个政治英雄真真假假的
事迹，粗壮，甚至

有点儿大大咧咧。
靠窗坐着一个贪恋
托马斯·莫尔美貌的家伙，
他不知动了哪根弦，
突然怀念早年庸俗的
流行歌曲。它们
怎么那么美呢，为什么
我当时没有发觉呢。
他的神情过于古怪，
仿佛某位黑袍遮蔽的
伊朗妇女，躲在储藏间
或者自封的密室里，
端详着旧年影集。
夏日海滩，年轻的姑娘
穿着绚丽比基尼，
正对着年老的自己，
微笑，并且致意。

同时代的记忆

我知道即使我死后
他们也依旧活着。是的，他们，
戴着墨绿色的硬壳帽子或者挥舞着
玻璃窗，强迫新人或者
年迈的旧人……我不会替他们
绝望，更不会为了因为预想而与预想这家伙
缔结友谊的私生活绝望。
他们从新闻发布厅里走出来或者从水塘
外边旋转的玻璃门——同时代的记忆
根本靠不住，还是捕捉迷人的
黄昏光线吧，或者对杨树荬荬
展示种族歧视或者价值青白眼的力量。
他们假装听着黑夜的低语——
从事后反映来看，我也知道他们

几乎听不清它们在说什么。
他们邪恶的天赋促进的并非
我的忍耐力而是关于良知的想象力。
是他们先出手的，是他们逼迫
风景不断降低标准，同时还质疑
他们其实引以为豪的政治面貌的。而我
会善意地理解他们的无奈，但是也必须表示
对他们假装无辜的轻蔑。
即使彼此交织，错乱，彼此构成
更加复杂的车祸场面，他们仍然会被
脑震荡挑选出来。他们面部的印第安纹
或者法令纹，显示的绝对不是时间，
而是疯狂的早期树林扮演的
旁观者痕迹。此时此刻我只想知道
它们距离奇异瀑布究竟相隔
多少块煎熬的旷野？

夜间

我尊重夜间的交谈，
你们这些穿制服的人又能尊重什么？
冬天的蚊子打破脑袋也想不明白
其中存在的差别。

松风听不清我们在说什么，
他更不知道我们夜间的交谈
因为某人或者某物的消逝
而变成自言自语。

自言自语都是有声的，
而内心的自言自语却仿佛沉没的海面，
没有帆船或者波浪不说而且没有
任何肉眼能够洞悉的波纹。

《读诗》生于六十年代

025

树木是直立的鱼还是岩穴中的空白，
完全是由她的色泽决定的。
我们只能瞪眼看着它们变身
而不必发出精细的议论。

灯盏照射着眨动的眼皮，
交谈编织的未来麻袋让他们吃惊而且兴奋，
支撑物总是能找到的，
管它是水泥块还是树根。

我关心的风

我关心的风已经消逝，
她再也不会出现，即使出现
相似的复制品，或者即使出现
连锐利的肉眼也无法辨别的
从昨夜穿越到今晨的风本身——
我也不再关心，甚至我也
不再相信，尤其是它编织
复杂案件的能力。我经常
面对巴士同行者沉思生命的意义，
我不可能不知道它们其实都是编造的，
仿佛电影之中显示的鱼群，
而让我刚睡几分钟就霍然醒来的
恐惧，我却根本没法子
躲避，甚至也不能指望未来人
派遣过来的人工智能。
我在昏暗的卧室中坐着，
心脏一阵一阵抖动，为了陌生
甚至莫名其妙的不安。它当然不是
政治性的，每个人都明白
它已经悄然改变血管结构和神经组织，
甚至包括风向以及风中内容。
花粉或者粉尘，只是较低级别的

间谍或者情报员，而更高级的
却被显微镜和神层层保护——
我看不见打印机讲述的笑话，
我看不见印刷机吹奏的鲍莱罗舞曲，
我奢望一眼就能看清钉子或者深夜的
本质，并把他们像竹木筷子一样摆出来，
完整地填写字母游戏，并让
压迫者主动羞愧或者涨红歉意的
脸蛋。我翻转过来，
回忆关心的风遭遇的审问。
但是我怎么也想不起来记录本上面
究竟写了什么，难道是跨越公园护栏
或者交谈？或者陪伴某人的母亲？
它们可能属于另外一份记录，我记混了。
但我始终记得我关心的风
消逝之际的痛感。

柳园春色

生活越来越平淡，
仿佛一直就是这么过的，
即使美国人博胜从柳园尽头
一闪而过（他是我报馆前同事的丈夫，
个子高高的，越来越不喜欢沸腾的
中国食物），即使一只白猫，
仿佛安装过消音器一样经过一堆
即将走入生命尽头的大葱（某个邻居
为冬天储备的），即使连翘
再次夺得开花计时赛冠军（虽然
大多数人分不清她和迎春之间
究竟存在着什么样的差别），
他们都没有把我从无聊中
救出来。你也不能。

我们早已陷身于
拖拉机帝国的沼泽之中。
我没有呼喊（喊也没人听见正如
没有人相信迷雾坦白的案情）。
庞大而迷信的帝国竟然都是依靠
笔记本电脑建立的。每个人心知肚明，
不信你听听推土机的声音，
听听挖掘机和打桩机联合发出的
声音（它们其实都是我
敲打键盘的声音）。我必须
告诉你一个秘密，在帝国假面背后
其实躲藏着一个水晶共和国
（闪闪发光的）。它又是
依靠什么建立的？

舞曲之诗或者
平坦之日记（除了这些
你还能想到什么），尽管他们的边界
相当模糊，尽管每根金属界桩
其实都刻着灯盏和少儿
联合使用或者抛弃的
说明书。然而道路并没有
清晰地显示在夜色之中
（光究竟在哪儿）。你不会开车
又能怨谁呢？春色老大人
从来就没怨过心碎和奥斯维辛。
他尽情躲在玻璃圆顶下面
等待着或者恭候着（不得不）
抓捕他的每一年。

垃圾软件

有点儿扫兴，
仿佛露天宴会的暴雨，

礼拜天的会议通知，
骑车人为你送来秘密档案的
复印件竟然是牛皮纸
包裹的鲜血。

在萧红同志墓前

是你吗？短头发的萧红同志，
或者大眼睛的萧红先生，我想问问你，
你的同志究竟是谁？端木还是丁玲？
他们或许如同墓碑上的面容一样陌生，而一
　　旦
换个地方，比如香港或者东京，我们或许还
　　会问，
是你吗？在荒野上奔跑的野丫头，棕竹的信
　　息
过于丰富，全然不如广州白色的百合，
只懂得单纯地记录七十六年以来的哀伤，
而且酷烈的夏风谨慎地建议过，你的魂魄，
千万不要再回呼兰或者东北的冬天。
雪花纷纷扬扬，那是你的小先生为你
保存的冷记忆吗？而我们这些来自哈尔滨的
　　怀念者，
又能在你的终点站发现多少与你
呼应的险恶内容？你旁边的杨骚或者历史的
　　东西，
我们就不参与或者被动排练了，
我们只想安静地站在你的石头墓前鞠躬，
或者转身走掉，留下一片
并没有什么星辰闪烁的银河。

扬州的风格

东关街的风肯定包括
瘦西湖的，或者个园的。
半温半湿的风，如何让宣石
或者风音洞解释呢？
正如我给宏亮兄解释
东北工业兴衰之由来。
眼前盐商是现成的
评论员，历史背的锅
何止一口销金的呢？桂花树
或者方竹，何曾与枇杷
争执过一个概念？他们的
生活藏着幽隐的快乐。
我们模仿着宋夹城公园里的
荷叶还是闷声闷气的青蛙？
噢，城乡之间插着铜锣。

夏天

夏天多么狂热，
穿着露肉的短衫，
对着水桶一阵儿傻笑，
随后翻过公交车站
生锈的铁栏。

每朵云里藏着雨滴，
相隔太远而倍觉孤单，
向着人脸吹一口气，
麻辣辣的感觉好像
来自四川。

吃冷饮的速度仿佛飞机，
一架一架远离记忆。

我们直起喉管倾倒啤酒，
冲刷油腻犹如堤坝
被洪水偷袭。

滚滚热浪蒸煮着地面，
行人仿佛泥卷的饼干。
我们的表情越来越严肃，
无视电视里的足球赛
拉扯小人儿的视线。

谈论小丑

我忧虑的不是小丑，
而是未来，见多识广的外星人
根本不相信这些小丑不是虚构的，
而是真实存在过的玩意儿，
有鼻子有眼儿，呼吸的时候
带着一股说不出来的洋蒜味儿。
我不知如何解释，我张口结舌……
但是他们今天不仅存在，
而且声势浩大。在一部过度想象的
剧情纪录片里，他们并非是在扮演小丑，
根本就是小丑本尊，自己以为自己
是一个英雄，或者其他
值得尊敬的庙堂人物。他们穿着不伦不类
自相矛盾的军事制服，佩带冷兵器和其他火器
降级版复制品，吵吵嚷嚷地
走过犹如模特舞台的中央大街，
犹如露天展馆的教堂广场，
将恶趣味的气息播撒于
尚存的东北冻土中。

末日天鹅

不存在的天鹅
身着不存在的颜色
在它不存在的伤口上出现

它是不存在的天鹅
在不存在的水域飞翔、繁殖
在不存在的狂风暴雨里
用它不存在的翅膀
守护爱、美丽和后代

游弋的天鹅
飞行的天鹅
气枪射程内的天鹅

残存天鹅头冠的天鹅
隔断公共水域的出租天鹅
维持男人和女人关系的天鹅

不存在的优雅
无法阐释
成为真正的母亲的天鹅

彩票投注者

这就像一个音乐演奏家
他把每天练琴的时间减少到最多两小时
那他也要花大量时间阅读和理解乐谱

老陆点燃他的带过滤嘴烟卷
把脱了鞋的双脚伸到办公桌上后
这样举例向我说明

他每天都在一个簿子上
比对、统计、运算那些数字
试图找到其中的共同因素
来增加投注中奖的可能

公布的本期大奖
与我失之交臂
我不想对你保密了
我，猜对了大部分排列组合
仅仅就相差了一个数字

获奖者真的是
窃取了我的银子
这个投机分子
他完全不知道
这是我的研究结果
我走向投注站的时候
头顶上刚好掠过一只白鹭
多么温馨又苦涩的早晨

如果彩票发行公司
知晓了任何一种获胜公式
他们一定会改变概率
做出弥补或者调整

不可能，除非这个公式
让他们亏本、破产
如果仅仅只是绝少部分人从中受益
他们的总体利润完全没受影响
为什么要去改变呢
仅仅因为某个人会赢

十几年了，我买彩票还没亏过
总是恰好小赚一点点
当我算出某组变量会赢得更多时
随机概率准捣蛋，功亏一篑

我们中大多数人认为自己很理性
足以抵制迷信、诱惑和禁忌
其实我们不知道如何应对未知的挑战
直到它发生或降临在自己头上

为过往一辩

"凡事都有定期"
每件事都有自己的时间
哦，都在自己的时刻里

有饮泣的时刻，
有欢笑的时刻……
有拥抱的时刻，
有禁止相拥的时刻……
有分裂的时刻，
有弥合的时刻……

我们应该
在自己的生活中，
只能在这个过程中
改变，像希望那样重来。

我，又带来了一切……

捡拾缺席的往事，
我们找寻过去。

让每一天里的每件事
都过去吧，当往事
出乎意料地出现，
别提醒自己，
假装再次来到
那为我们准备的
众多时刻中的一个。

靠近——我们的脸
全都打上了马赛克

靠得太近了，曾经
我们是在惩罚自己
哦，那时，我们
不曾拥有任何一个孩子

梦见

我梦见我，撞翻了我自己
推着同样的婴儿车
同一个奶嘴
叼着同一个奶瓶
挂着同一种品牌的尿不湿

一个推着婴儿车的男人
可那时我还没有孩子

他帮我捡起奶嘴、奶瓶
同一个牌子的尿不湿
装进我的推车
我也捡拾起他的
放进同样装不满的婴儿车

我们让开道路的同一侧
先右边，再左边
像照镜子，想一想后
我们交换过彼此的推车

我们经过的地方有血迹

靠近——我们
闻出了彼此的血腥味

熊猫

大熊猫的眼圈、耳朵是黑的
尾巴可是白的
你看到过它了
一只和另一只
都是一样的

猎手经过两只熊猫时
它们都假装彼此没有关系
自顾自寻找竹叶和鸟蛋

猎手分别瞥了它俩一眼
为了让它们知道
他可不傻
一看准知道是怎么回事儿

猎手一走，它们继续
玩起爬树和搬石头游戏

钟亭

围着小城，他要跑一圈
然后登上环城河上的亭子

不知是不是习惯的影子
每天有两个自己，两个

在固定的时间周期
风雨无阻地来去
他记起了，你在追赶
他在梦里跑，醒着也跑

他登上亭子间
哦，不，不可避免
不管那上面挂着的钟
是不是已经坏了
还是两个：两个自己

春山

晴明的天
穿越三峡
那些湍流和峭岩
白色的山体带着巫气
成为雾气中模糊的固体
条块的云在水中潜行
终身藏匿于山顶荒废的城堡

就像我的良心发现一样
你的到来让我心神不宁

回声

在村庄与北凌河之间
回声是我们饲养的宠物
生长在水草和水井之中

行踪不定，流浪狗
常常会冲着它吠叫
它和我们一起笑
一起回家，像一道堤坝
拦在梦里

记录

一种连续性，有人离去，有人进入
当——当——，在时间中间
当年——，不，当——当——
是非常的语法形式

当年，洗好的衣服挂起
那年旧报纸上，姑娘眼神清澈，扎麻花瓣
当剥核桃皮的时候，街上人群直线前进

矿山的官方记录没了，"当时——"
街车停下来：时间拒绝加入

在舞台天空中
上演平原风滚草游戏
"当时——，当——"
闷雷声传来
人流转变为密集的阴影

宇宙

在所有寂静里
隐藏了一个声音

在一种决定性的方式里

两颗彗星拥抱
成就习惯性的轰鸣
假如没有理由
它们之间的谈话
必将耗尽气力

寂静却与此无关

（美丽而荒芜的）
废墟女神
在睡梦中的昙花上擒获
一段平行空间
剩下的这一整年
时时被惊起

有人叩门
让人精神崩溃

寂静又消除一切界限
毫无例外地接受
某种可能性：

一片非常薄的天体广场
（不在钨钢针尖上站立）
堕落天使们聚集
狂欢，喝着啤酒

我们的们

对上帝来说
我们都是喜剧人物
就像苍蝇一样飞往鱼市

在漫长而炎热的夏夜

木屋发出嘎吱嘎吱的响声
它在抗议钉子的侵入
它们时而热胀，时而冷缩
用力撕扯着捆绑物
挣扎着撕开

房子在夜里会尖叫
散发浓郁的树汁味道
房子在早晨会点燃
像献祭给太阳的头生子

病房

互相对着的两扇病房门，
母女俩各攥着一扇门的把手，
母亲的手臂挥一下，
女儿就绕到母亲的门后，
只要开口说话，
女儿就拉上身后的门，
再也看不到她了。

只有母亲
会重新打开这扇门。

她会慢慢收拾病房，
找到毛巾和水杯的位置，
仿佛和居家一样似的。
如果母女俩同时跑出门外，
她会把蚂蚁放在一棵树上，
解释那是为了重新隐身。

她总要在门后洗脸喝水。

这病院也已空无一人。

游戏说明

阴影下的儿子，
从一棵树潜行
至另一棵树下。

鸭子们在半路上，
前呼后叫，
摇摆不稳的脚步，
提醒着危险。

质询：你们，要去哪里！

不要忘记游戏——

那个声音响起之前，
信赖谁？

蚁群在树下聚拢。

父与子
在那个寂然里
游戏。

对卡夫卡小说的一句点评

彼得有个未婚妻住在邻村。
一天晚上他去找她，
有许多事要商量，
因为过一个礼拜就要举行婚礼了。

商谈进行得很成功，
一切都如他所愿地得到了安排。

将近十点时，
他嘴里叼着烟袋，
心满意足地回家去。
对这条他十分熟悉的路他根本没在意。
忽然，他在一片小树林里吓了一跳，
一开始他也不知道为什么。
然后他看见了两只闪着金光的眼睛，
一个声音说道："我是狼。"
"你想要干什么？"彼得说，
由于紧张，他张开胳膊站着，
一只手攥着烟斗，另一只攥着手杖。

"要你，"狼说，
"我找吃的找了一整天了。"
"求求你，狼，"彼得说，
"今天放过我吧，
过一个礼拜就是我的婚礼，
让我经历这一天吧。"

"这可亏了，"狼说，
"等待能给我什么好处呢？"
"过后你可以吃我们俩，
我和我的妻子。"彼得说。

"婚礼前又有什么呢？"狼说，
"在那之前我也不能饿肚子啊。
现在我已经对饥饿感到厌恶了，
如果我不能马上得到什么，
即使不情愿，
我现在也得吃了你。"

"求你了，"彼得说，
"跟我来，我住得不远，
这个礼拜我将拿兔子喂你。"

"我至少还得得到一头羊。"

"好的，一头羊。
还有五只鸡。"

爱不算是对生命的问候
只有婚礼（不是爱情吗）
算是对生活的一次校正

跑步者

一只鹭鸶
落在旗杆上
收起了翅膀
一架飞机
从跑道
飘飞出去

湖滨的跑步者
似乎正踏浪滑行

一个人走上大堤
其实站立未动
岸线上的芦苇
已经淹没
渔家的竹棚屋

当这个早晨
结束时
它，静静地
成了一件
"过往"的事情

积习

他梦见自己在梦里吸烟
对着老婆的穿衣镜吐烟圈

某一刻，他记起早已戒掉了香烟
怎么自己又吸上了

这让镜中人百思不解
自责很快使他从梦中惊醒

篝火之诗

安琪

史前人类对死后世界的想象

当我掉出人世
我被死后的世界收留
我被换上白色衬衫，和一群陌生人一起
我们握手
拥抱
询问各自来处
大都茫然不知前生
偶尔我们也打架
寂寞
独自留下伤心的泪水
（他们说那叫雨）
获悉在此我们再也不会死
我们欢呼（他们说那叫雷）

跳起篝火晚会（他们说那叫闪电）
我们气喘如牛（他们说那叫风）
我们东倒西歪
随处歇息，扯一片黑暗盖上
他们说天亮了
他们劳作，干活
一旦我们掀开黑暗继续狂欢
他们就该睡了。

篝火之夜

被激情点燃的树干斜立着
支撑它的是同样被激情点燃的树枝树叶。

它们
构成了篝火之夜的一半。

河北平山，温塘古镇，残留的青春
啤酒，二锅头，窃窃私语的花生羊肉串

构成
篝火之夜的另一半。

燃烧黑暗的声音，噼噼啪啪。
纷扬的火星闪闪，瞬间前尘。

凝望中的眼，看到了泪水，和明灭的生命。

火
在不断添加的柴木中不断挺直不死的身躯
仿佛青春在自我注射的兴奋剂中不断雄起

——倘若你能拉来无穷无尽的柴木
我就能让火，无穷无尽。

但是火会穷尽这世上的柴木
恰如衰老，会赶走每一个人的青春

你跳过熊熊燃烧的篝火
把青春，永远留在火中。

夜之篝火，恩格贝

闭上眼
那夜的篝火还在燃烧，那夜的马头琴
那夜的迪斯科，那夜的啤酒，那夜的
羊肉串

那夜的喇嘛哥
抱着余秀华旋转旋转旋转那夜的余秀华
飞起来了

那夜的和田玉那夜的你那夜的我都要释放胸
中的烈马恩格贝你是一杯一喝就醉的酒那夜
醉了星星醉了群山醉了草原醉了不远处的响
沙湾疲惫的骆驼直起腰身四处寻找击鼓声和
酒的方向。

夜之篝火适时地降落，降落，终至熄灭
一切，恰到好处。

孝庄园，篝火之夜

秋色荒凉
孝庄园里
篝火燃起
月亮的独眼清冽
看着你
看着我

来自民间
蒙古族歌手
蒙古族乐手
赠我们以歌
赠我们以乐

秋色深沉
篝火未尽
乡亲星散
演出已毕
我们被疲惫驱赶

如一群觅家游子
布木布泰
快把我们送回酒店
快把我们送进梦乡

董家口，篝火随想

（给吴子林）

又看见篝火蓬勃的红色
以及红色中微黄微白的光焰
北方的深秋
已经很凉了
人们围拢过来，拿篝火美丽的身子
暖自己冰冻的手和脚

我站在篝火旁
体验它奋不顾身的激情加速度
每一簇篝火都有秘密的心事
正是这秘密
促使它们疯狂燃烧
走向毁灭

我也曾是篝火的一员
当我离乡背井
从故乡到异乡
那支撑着我的激情渐渐消散
已不足以支撑我的晚年
亲爱的感谢你适时来到
适时为我添加柴火
让我用美丽的身子
暖你冰冻的手和脚

生育图

那个夏天的傍晚
太阳在曼德拉山迟迟不肯落下

它通红的脸模糊了时间与时间的界限
这是注定要发生大事的一个重要日子

骆驼皮上的母亲
她的身子与滋生万物的大地平行
与众神的天空平行

那使母亲孕育的是种族繁衍的希望
血泪交织的啼哭回荡在曼德拉戈壁

新月浮现像母亲浅浅的笑
篝火噼啪中我们唱起欢乐的祝颂词

篝火，泸州老窖之夜

篝火即将封灭
你的诗句为何还没流出

如此盛大的夜
千人同欢的夜
泸州老窖的夜
滴酒不沾的你身体中汹涌着一个
逢酒必醉的他

父亲
这篝火之夜理应属于你
这被酒浇灌的篝火之夜
泸州老窖之夜

我的嗜酒如命的父亲
每划拳必喊六六六六
我又六的父亲，总在酒桌上把自己放倒
今夜如果你在
你一定会把自己浸泡在这篝火之夜
浸泡在
泸州老窖里

老君顶，篝火

火星们栖居在木柴里
等你点燃，等你浇上汽油，情意绵绵地浇
恶狠狠地浇，小心翼翼地浇
夸大其词地浇
爱的火星们，恨的火星们，有恩的报恩
有仇的报仇
原本安静地栖居在木柴里
心如死灰
此生无望的火星们，终于这日你来浇汽油
你来点火
便呼啦啦
扑簌簌满天飞起，不想死了
有恩的报恩
有仇的报仇
有爱的相爱，有恨的相恨，忍不住了
这噼噼啪啪地叫喊
直接冲上老君顶，没有山道
就杀出一条山道
就拔下西天的镰刀月砍伐每一株树
解放每一株树囚禁的火星
出来吧
漆黑的夜需要你们
平庸暗淡的人生，需要你们！

闻铃

马越波

五十哀告书

她被拖扯到窗口
树枝在树上折断
黄叶落满门前
寒风把它翻卷

"请你住手……
以后你要记得
善待她的不幸"
她这样面对我的恶行

春分海棠

"水很多，但是水，沿着眼泪
却不能流进你的故事。"

不再能看到雪
只是有点兴奋
眼前的树不再长出叶子
阴影不动，停在大街上

它飘下的样子不会重现了
我们不安分地站在一边
不思想，不爱恋
像夜空中的星星

没有秘密，我和你的普通生活

春雨

外面下起了雨，我走到阳台
小白花一动不动
栏杆上挂着的水壶倾斜着
天色还清淡

能看见模糊的初月
屋里传来孩子们的声音
未到达的停留在近处
一起向我展开

春雨落在身上
人什么时候感到爱意
就什么时候感到羞耻
白昼已尽，鸟未止鸣

相对坐着
看到你的容颜
怀念都在群峰之外
它们像雨滴打在窗檐

戊戌立秋

什么都不做，呼啸和虫鸣
继续听下去，妄图远山
平常的没有显现
落叶也起爱怜

我们见过了

陷在喜悦里
黑夜从屋顶扫过
好的和坏的都像没有发生

它们在空中荡漾
一点点飘下来，不能分辨
苦痛，怯弱，愤怒
无尽，一个一个少年低头

秋风秋雨降临
再一次怀抱你
天上空空，什么也没有
亦步亦趋，你念念不忘

又

赶在遗忘之前返身写下来
白天，一个男孩从兰庭跃身而下
薄薄的草地上
什么也没有，妈妈下楼

"屈从于重力，这是最大的罪。"
他反抗，如一片树叶

东明寺

无所思念者啊，一日青山
缠绕者啊，携手羁绊
澹然者啊，芭蕉滴雨
静默者啊，眼前过去了

思念者啊，从苕溪向北
有所依倚者啊，暗中坐下
未能健行者啊，蜈蚣跌落

有光耀者啊，戚戚沉沉入眠

而文字，文字啊
桂树摇摆在庭院中
楹联末端见观音
山下灯火海一样漫来

淋雨中的大殿啊，荷花开
两棵银杏缓缓倒下
侧旁客堂里点上了蜡烛
他们低头抄写

戊戌霜降，釜山海云台

正午，海边下起雨来
乌云遮住了耀眼天空
上海张黎领我们漫游
走走停停，聊了很多

漫长的阳台对着大海
她先生垂手而立
女儿们一旁嬉戏
冬柏摇动只看到树冠

上楼的时候
寂静忽明暗
岩石静躺海水里
它张开翅膀飞起

一直在这里，釜山竹林
辰光停落屋顶上
他说韩语，她讲汉语，万水千山
"荒台漫无址"

保俶塔

抬头看见保俶塔
树枝和屋顶后面站着
冬天还没有寒冷
已近正午，我愣了神

它变得巨大静默
朝湖面低首，世间涟漪不能抒情
我们住在山脚下
登高能有什么

一层一层宝塔
看不到过往，看不到双亲
看不到苍老消瘦
一动也动不了，塔身紧闭

摇摇欲坠一路走回去
北山凤起省府弥陀寺
像在云朵，我碰到他
美好艰难，它那么新，和你一样

在人间

草树

玻璃店

你把玻璃抬上车
让它去采撷光明
它赏你一平面
压扁的身体，嘴角流血
倒塌的玻璃裂口耀眼

你在他店里干了十年
他也在这个外省的城市
从没有窗户的商铺
住进落地窗敞亮的楼房

每次走到南新东路
我远远就看见那个四楼的窗户

玻璃闪光，映着扁桃和云天
可当他和那个哭泣的未亡人争吵

我仿佛听见那儿玻璃也一声脆响，裂开如刀锋

猜谜

从木楼梯下来
老八爹哇哇大叫
藏在棺材里三百块大洋
不见了，而棺盖严丝合缝

抛出隐藏多年的谜面

猜谜以非凡的形式进行
大儿子从青海赶回
一把杀猪刀插在堂屋门口

大女儿坐在灶屋哭泣
小女儿一边哭，一边拦着
拿菜刀砧板斩草的大嫂
她正一次次冲向婆婆的屋门

小儿子和他的婆娘
在神龛下摆着一桌豆腐
面对祖先发誓、赌咒
忘了点几根线香

夜晚门外传来嚎叫
或低泣，让我感到恐惧
那枚七十年代的秋月脆薄昏黄
仿佛有着谜一般的色晕

轰隆一声撞上
迎面而来的卡车
他夹在方向盘和座椅间
嘴角流血

早晨她转身离去
和我隔着一丛夹竹桃
那只皮鞋在雨中
耷拉一张中风的嘴

我想起一次在他家里
出门时，"鞋呢？"
他站门口喊
妻子立刻跑来
打开鞋柜
此刻雨水从香樟上大颗坠下

一只孤舟搁浅在云贵高原的独山

鞋子哀歌

一只黑色牛皮鞋
在急诊科门前
装满雨水
雨夜树枝低垂

一只小舟失去了桨手

他躺在太平间
与他同行的小情人
站在旅馆门口
向我平静地讲述

小车在弯道

落差

没有了前呼后拥
第一次感觉车门沉重
上午睡到十一点
天花板上壁纸晃眼

茶几上手机哑巴
毛尖在下午的茶杯沉浮
缓慢舒展如绿色花儿绽放
他却看见嘴脸在变换

忽然变得陌生的眼光
低头避路的身影
开门之时戛然而止的议论

夜晚不再频繁响起的门铃

悬空：楼梯断了一档
还是悬崖上白练坠飞

藕煤

卸了一车水泥
他坐在砖头上
从布袋子里
摸出一瓶二锅头
喝了两口
笑着和我说话
一脸土灰露出
一点红和白
我知道他曾遭遇
太多的不幸
就像一块藕煤
藕煤弃置在墙角
孔里长出青蒿
他满身的孔吐着
最后的火焰

闯红灯

躺在病号服里
鼻孔里插着氧气管
他过于频繁闯红灯
现在被提前吊销生命的驾照

想当年一身白西装
坐在龙江河畔老榕树下

见我诧异他
身边不断更换的小妞
便对我耳语
"我老婆切除了子宫"
随即使一个眼色

自从马车换成桑塔纳
桑塔纳换成凌志越野
他不断地闯红灯
仿佛手握一张特殊通行证

发"通行证"的女人今天没露面
那些他经过的十字路口
仍然有戴红袖标的志愿者
摇动小旗，吹着哨子

绿枝

火焰上树枝
冒着黑烟和水珠
它们从树上折下不久
还没有褪去绿色

色情的火焰
从门缝吐出火舌
每夜炙烤着洗浴中心走廊里
站立包房门边的小男孩
当你到来或衣着暴露的女人
挽着你离开
他们谦恭地行礼

再次听到绿枝燃烧的吱吱声
你的心境一定全然不同

方桌

四个脚合伙
撑起一张方桌之名
桌上热气腾腾的火锅
就像它们的事业

夜晚桌面空去
四个脚相互猜疑
失眠或心虚的可以听见
桌子内部的撕裂声

地面不平带来倾斜
汤水倒出或酒杯滚落
它们开始抱怨、争吵
一只手或一块瓦片

不过是暂时的镇静剂
直到方桌摆到灵枢前
喊礼的人站上去发出哀音
它们终于陷入沉默

对镜

坐在"悦心美发"的靠椅上
面对镜子里那张脸
心里平静，它却僵硬
试着微笑，并不能让它生动

小剪刀咔嚓
仿佛原野火车的轰鸣
电推剪嗡嗡不再让我联系
蜜蜂降临花蕊

一切如镜中花我也不再会
让一枝玫瑰出现在镜中
当你坐在镜前吹头
我悄悄走近

咔嚓啊如阅兵
刷刷里有爷爷的白发下雪
有姑姑的青丝今年七月成灰
刀锋刮过眼皮。微微战栗

这个空号我将终生保存

王音

妈，您才是个诗人

该打的该打的
你看看
我又把你的生日给忘了
妈老糊涂了
妈不中用了
妈好死了
近几年
母亲常这样叨叨
前年我的生日后
我开玩笑说
妈，您不想我也不亲我了
母亲立刻反驳我说
我怎么不想你

一想你
我的心
都笑了

这个空号我将终生保存

9月15日中午
手机卡升级后
我便从移动营业厅
回到了家
坐下来
喝了口
生普洱

点上烟
便开始检查
名片录
结果和
以前的名片录一样
一个不多
一个不少
都在
老爷子
的名号
也在，15336489787
鬼使神差
我竟拨打了
"老爷子"
"你好，你拨打的号码是空号，请查证后再
拨。Sorry…"
发呆了片刻
于是
我决定
老爷子的
这个名号
不删除
和以前一样
继续保存
一直保存到
有一天
我也和老爷子一样
不在人世间了
为止

今天您离开我们
已经整整六年了
再过十三天
我妈离开我们
也整整一年了
舅，再过十三天
我妈和我爸
也就合坟了
请代我问好
我舅母，舅
再过三年
我就一大早带足钱
奔回高密陈家屋子
老郭家
坟地上
去看您

舅——

不孝之小外甥
王音
叩首
农历丙申年
四月十六
2016年5月22日
于青岛
浮山后
家中。

给不在人间的舅父写封信

舅：
您好！

母亲教我的歌

今夜卧室电视里
忽然传来了
德沃夏克的《母亲教我的歌》

这首D大调的歌
始终很揪我的心
这首曲调是四二节拍
而伴奏却是八六节拍
的歌，我曾弹过N次
为当年高中里的她们
和大学里的她们
母亲没有教过我这首歌
母亲也没有教过我任何
其他的歌

你妈不会唱歌
你妈连哼哼
也不会
母亲生前曾说

它们比明式家具更珍贵

以前我专门写过
眼前这两个凳子
一个方的，一个圆的

以前父母还在我写的
现在父母都不在了
我想再写写，这两个

以前这两个凳子都
在父母的卧室里
现在都在我新家
的书房里，我很看重

我很在意很喜欢
放在我的眼前
父亲就坐这个方的

母亲那就坐那个
圆的

有种爱叫无奈

父母生前喜欢过年过节
烧纸点香摆供，我不
但他们说是祖辈流传
既然他们信奉这祖辈流传的
朴素风尚
多年来我也只好如此
如此这般
亲爱的老爹老娘
在你们的九年之内
不孝三儿也
尊重你们的祖辈流传之传统了
这是我的局限
王音
的局限

三个老男人都爱郭惠贞

郭惠贞是王音的亲娘
亲娘比她小儿年长了
整整四十有五，郭惠贞
如果她还活着的话
今年正好是
一百零一岁

郭惠贞比丈夫王润泰大三岁
比亲弟弟郭绪和大五岁
这两个老男人

一个是我厌烦的爹，一个是我喜爱的舅
今早上
我又梦见他们了

多年前，我舅每年都来青岛我家住一周
多年以来
每年的冬月初一
在我家给我父亲过生日时
总是对我说：
你妈这辈子不容易
每次我父亲总是说
忘了谁
也不能忘了
你妈

多年以来，我忘了许多事情
但舅和父亲的
这两句话
我始终没忘
我不能忘
不敢忘
也无法忘

己亥猪年阳春
清明节不远了
眼看，舅的九周年坟就要到了

我想起了一条
青岛
的民谣
谷雨到，鲅鱼跳，丈人笑
也想起了
父亲生前跟我说的
香椿芽到了
谷雨
就不好吃了
看来，昨晚上
我要的
那盘福多多的
香椿芽炒鸡蛋
是有因果关系
的

谷雨

雨生百谷
你好，谷雨
在今天此时此刻
（天阴，但没下雨）
突然

祝福诗

凸凹

祝好诗

她说，向日葵早已下种
至今不见长出。我说，因为梵·高
还在路上，因为种葵不同于种字。
我说，我看不见
我看不见的地方了。她说
你的诗神，离开你多少时日？
我说，你要和这场梅雨一样好
想怎么下，就怎么下，想下给谁
就下给谁。她说，你不要跟这幕晴天
一样好，该咳嗽就咳出来吧，千万别
憋坏了对万物的抒情。
在这个不好不坏的日子
我一会儿与一棵草说话，一会儿与

一只羊说话，还有鸟、云和
散漫得那么有序的时间。但
更多时候，是她们唱诗般的祝好——
她们祝福我，和我背后的世界。
这是多么好的细菌，多么好的传染
在我们互陷其中、不可救药的
病理中，坏又能坏到哪里去
而好，却是连大海的追悔也无法追上。

告别诗

告别一般出现在水边码头，古道垭口
或十里长亭，主要与空间和

远行交接。但我的告别
只与今天有关——她像一只蠓蚊
可以发生在书房，也可以
生发在非书房。是啊，该告别了。
我的告别岂是去岁与今年的告别——
我的告别堪比世界的告别
更不亚于人类的告别。
我的告别，稍小于尘埃，是一个身体
与另一个身体的
告别，一个人与一千个人的交换场地。
是伤疤与伤疤的告别，词与物的
告别。是中年背弃老年，老年
奔向更老年。这是多么悲壮而傲娇的
上路——没有神的赐福，万物的
加持，我如何能幸运走到这里，走到
那么多同类，终其一生，都
无法跨过的一步？今天，我用告别
祝福告别，用告别感恩告别。
顺着山势的走向，水脉的运行，我的告别
以不作为为作为，以不创造为
创造。简单告别复杂，爱
告别恨。今天，我的告别，是我的
全部：全部的生，全部的死。我安居在
我蠓蚊一般的告别里，叮着幸福飞
隔山隔海，专吸那远方的血。

祝福诗

是葫芦的集体舞，还是
葫芦的合唱团，对一个人的祝词和
另一个人的运道来说
都是鸳鸯梦惊人的不约而同、一见再见
——都是一家人的万家灯火、普天同庆。
这个意境，很中国，很民间

很对钟乳、葡萄、苹果和泪珠的脾性。
而国学的孩子们，却以
此梦为游行彩车，过足自己的
平安夜与狂欢节。偏有
墨的蝙蝠，非墨的蝴蝶
一翅一翼飞来，视左右摇扇为直线
把边缘，化为中心，把生命
化为葳蕤，把一毫米的世界
化为生活的混沌、清澈，和无限长。
除了倒立的蘑菇、正直的天使
谁能将爱的微积分发展成雾的形状？

元九登高诗

从翠屏，到凤凰——山登着山的高，
水回着水的头。从元九，到元九——
一个日期追着一个人名，一个人名
钉死一个节日，盘活一个节日。
从任职司马，到代理刺史——
山水减肥，格外清秀；人民增胖，
繁殖喜人。从通州
到达州，一座城池在登高
一座城池的脚力与眼睛、光荣与梦想
在登高。一千年了，这个节日
一直在州河上亮着桅灯：一直在那位
登舟远去的诗人手上挥舞，惹得大海
至今都在做不倦的攀爬。一千年了，
一年高过一年的高，步步为营，一直
往高处走——无数回仰望与俯瞰的
集合，早高过喜马拉雅了——而
日子、人名，尤其一册诗简的排行
刚好等于人心的高度，而人心的高度
恰与一只凤凰的转喻齐平共飞。

家居凤凰山诗

搬家成都前，我住在凤凰山下。
门前那条街很大——
大得都忘了它的名字。只记得
左侧名红旗旅馆，右侧谓
小红旗桥，只记得房子坐落在斜坡上。
出后门，沿斜坡一直往上爬，
不叫登山，叫登高。那座山拔地而起，
那么高大，除了以一只想象的大鸟命名，
还真想不出其他任何一组喻体
可以勉强匹对。我一下成了
一位有背景的人：我的后山
既是物质的家山，又是精神的靠山。
我在这座山下住了十年。之前
住花萼山，再之前，住青城山。
而今，住龙泉山。我这一生
天天都在出门、爬山。爬了那么多山
那么多高，但我能记住的高
还是凤凰山的高。在凤凰山
每一次登高，都是过节——都是
举城欢呼，万人空巷；都是把元九
过到筋骨的江湖底线，内心的十字高度。
每一次登高，都是寂寞吟，万古愁：
较之始作俑者——一位叫元稹的诗人，
那条同时代的荔枝道，以及荔枝道上
伟大的爱情，渺远得比地平线下的长安
更低了。凤凰山，千里外，
已多年没回去登临。但
我生命的每一次走高，都加持了
一只大鸟驮起的风声，和穿在脚上的大地；
都奔跑着这只大鸟为我定制的
四十二码的诗经般激越的山歌。

春驿诗

五里一店，十里一铺，六十里一驿
女子轮回到这里
成了桃花。桃花轮回到这里
成了女子。如果
一位诗人轮回到这里
成了甲子，是否意味着一个甲子的老去
与一朵桃花的初绽同庚
是否意味着二者达成了隔世的秘密与
和解。
至于隔天，3月10日，那是我的生日——
我的生日只等于我的生日
但它们的商却并不归一

指纹山诗

让一杯茶，从河流中沉下去
浮起来，回到茶盒中
回到茶农、炒锅和太阳的手心。
之后，排着队列，回到茶山。
茶山何其多，仿若天下之大。
这是春天，一万座茶山回到蒙顶山。
在高高的山头，天上的神仙
对着众生拜谒的额头，按上茶源的指纹
——那鲜红得发绿的印章
让世界上最古老又最重要的一滴水
一芽植物，再次回到大地的循环。

虚无的味道

李龙炳

说吧，水

生活在最糟糕的时候，
是整夜听关不严的水龙头滴水
水可以兴，可以观，可以群，可以怨。
古今之诗，不过是水而已。

水流向哪里，我也无法说清，
未知的那一部分有更精致的脸。
青山与永恒的倒影，
值得我在人间安插最美的间谍。

我认可你，在梦中爬楼梯。
窒息的前朝，颠倒的空间。
旋转，再旋转，形成彩色漩涡，

精心计算之后，房顶跃出鲸鱼：

痛苦的重量压榨着呼吸中的
每一滴水，作为礼物献给你
灿烂如铁锤，反复敲打的风景，
水浮起的中国，有异国的幻象。

不过是青蛙跳入古池，到处
听到水响。现代少女下河游泳
恍惚中撞见一只来历不明的天鹅，
天鹅蛋的蛋黄，浑厚若史诗。

说吧，还是水

反对一条河，我是另一条河，
我们谁也淹死不了谁。
我口渴的时候，
去找一只乡下的穷乌鸦。

它的黑暗来自一口井，
它透明的外衣挂在月亮上，一个
六十年代的老猎人，
把乌鸦的水分挤干。

它体内隐秘的电台，
收到过大海的冷笑。
青蛙还在井中绿着，
上面的秋天已变色。

我流动，口渴难忍，
依然读着焚过的书。
十六岁就开始写诗，
我试图把月亮拉下水。

我的纽扣正在变成甲壳虫，
一条河躲在报纸下面，像一群人的尾巴。
天上的雨下了一天一夜，
仿佛在纠缠人间的寡妇。

最后的乐观主义者

他年轻的时候，
独立行走江湖，到过最荒凉的梦境。
杀死过黄鼠狼，
拯救过公鸡和黎明。

中年在厨房洗碗，
慷慨激昂，怒放水龙头。
摔碎过的碗，
可以绕地球一周。

小小的恐高症，一生没坐过飞机
但到过伟大的北京。
无聊漫长的火车上他突然想起，
自己还杀死过猫头鹰。

他觉得自己满身是病，
身体像军火库一样封闭而难受。
躺在病床上，
医生和护士都穿着防弹衣。

有一天他对我说，
现在满城都是打油诗的呛人味道，
他的鼻炎，久治不愈
他想回到乡下，新鲜空气适合养老。

我对他说，不用怕，
你可以在城与乡之间死两次。
拼两条命在人间活一回
他成了最后的乐观主义者。

最后的田野

这是最后的田野，多少人
带着自身的野兽走来，不再读圣贤书。
无人管的空气，有人管的炊烟，
一觉醒来，身边多出降落伞。

人在冬季，有麻雀的经验，
污泥在脚下，寒冷而不厌倦。

自生自灭的器官，保持小小的水分，
在太阳下，像愤怒的葡萄。

嘴巴对空气的强硬态度，
邻居和莫须有吵了一天。
说吧，时间和金钱都在抗议，
死亡来自河底还是水面？

你过危桥，拉开现实的距离，
依然会遇见学校和医院。
学生是早晨，病人是黄昏，
谁在堕落，真理的青草带翠。

怀柔之舌沿着铁轨滚滚而来，
在田间播种，在家中革命。
星期天的幽灵还要到银行开会，
死去多年，你还在向大地道歉。

一本书突然醒来

一本书突然醒来，
会不会伤害我？
它醒了的时候，
会不会是我最脆弱的时候？

一本书想杀死我，
可以厚得像砖头，
我读过的砖头，
是否还能修好通天的塔？

一本书想杀死我，
只需动用一张纸，
一张纸点燃就可以烧死我，
我是这个时代的易燃物。

一本书想杀死我，
可以是纸上的一首诗，
每一个字的流弹都可以置我于死地，
因为我在诗的边境。

一本书突然醒来，
它也有人类的噩梦。
一本书最后成了我的情人，
书中的两粒子弹，有巧克力的味道。

虚无的味道

这是秋日，我和一只蟋蟀的对话，
已经压低。
观察地下的黄昏，十月的光线
吊起织布机。

你有发热的功能，
有一种温暖就是
小乞丐在草垛中，
吐出的舌头绣着大公鸡。

一个小女孩，
一身白色，像一场雪提前降临。
从山坡的石阶上，
来到这里，看孔雀开屏。

嘴里面有孔雀的人，
有人告诉她，
那是今天的导演，
正在说，西北有盛世之危楼。

她的母亲，穿着红色上衣和我擦肩而过，

我恍惚了一下。
我是十九世纪的建筑，
身上写满了拆字。

我要花钱才能进入你的庄园吗，
追随蜜蜂，甜是虚无的味道。
庄园的后面有工地，
工地的后面还有墓地。

狗的前世今生

狗有时更像一个人，
如果我像鲁迅一样说，你这势利的狗，
它依然会说，
嘻嘻，愧不如人。

当狗站立起来的时候，
它就会傲视天下的骨头。
我的206块骨头，会不会绑架着我，
向一只狗低头？

千秋雪已经化了，
黄狗身上的白，已经承包给了
一家黑色的制药厂。
白狗身上的肿，已经肿成了上市公司。

狗的眼中看不见钞票的时候，
才会玩忠诚的游戏。
狗也许会爱上几位女性，
但它依然读不懂《红楼梦》！

假如有一只狗既不想做狗，
也不想做人，它会不会长出翅膀？
我已经老了，见过太多的狗，

听过太多好听的狗名，只是我记不住。

地主

地主在地上无立足之地
只能在天上说：
"我那片土地可有可无，
有也是灰烬，无也是灰烬。"

"我记住的是
过去的劳动与思想组成的整体。"
"我的土地的形式，
只是和一只蝴蝶签了合同。"

"美迷失于永恒，
我只有外套盖住的世界。"
"我看见的是
现在的劳动与历史组成的整体。"

天上的地主，
地上的房子已被改造成了猪圈。
不会有人懂禁养区和限养区的区别，
死亡也臭气熏天。

有人从锁孔中看见，
地主的后代破土而出，
戴着镣铐，在灰烬之上，
在有和无之间跳舞。

在风景中

在风景中，有人撒野，

在风景中，有人打麻将，
古当铺的瞭望孔，
看见有人落水，无人施救。

在风景中，我们才能重返人类，
卸了妆的落日，
在百年茶馆的窗口，
难免一哭。

麻雀，有三五个孩子，
在瓦檐上，讨论环境问题。
蝴蝶，在丝瓜花上，
寻找自己的金戒指。

不会欣赏风景的群众，
世界是一张黑白照片。
他们更善于让手指与鳝鱼接轨，
让手下的泥土更加柔软。

有人在沙漠上架梯子，
请不要扶。蓝色的海，
不是黑色的幽默，
不要一言不合，就去放水龙头。

"蓝是廊桥上的往事"
"蓝是针尖上的启蒙"
"蓝是酒中的万古愁"

在风景中，我爱穿越到
古代的所有失踪者。
在风景中，我只是反对
无数双点钞票的手。

这么多嘴唇和月亮

挖掘一座空山，用石刻的嘴唇，
我试图绕过这暂时的黑暗：在石头内部
洗净我食道上的灰，
实际上我吃的是过期的墨水。

思想像营养一样流失，
没有一个追随者，我隔空亲吻过的
不是蝴蝶，就是蝴蝶梦
更多的村民在我的身边低着头

包围我的泪水，要求改变
田野的属性。
"你错了，我们对亲吻不感兴趣"
于是我修的路，从天上掉下来。

向下挖掘的一个圆形的建筑
我将在里面喝暗河的水：改变了习惯
却改变不了命运。
我的汹涌的双手，抱紧童年的皮球。

但是，但是，我还活着
我的海已经漏光，我不得不忍受
月亮从我腰间升起，
照耀我嘴唇上晦涩的语言和无名的耻辱。

天鹅之死

池塘有死天鹅的气息
一只小鸭，在成为烤鸭之前，
成了一个演员，
每天为观众表演天鹅之死。

"我渴望死，死后我就是天鹅"
小鸭的台词，经过了审核。
所有的悲剧，唯有死亡可以结束，
复活是更大的悲剧。

死亡终究是一种技艺，
小鸭炉火纯青的时候，
池塘的水干了，小鸭徘徊在岸上，
死亡已是另一个时代。

"我必须死，死是我的理想"
小鸭自己开始设计台词。
所有的选择，唯有死亡可以改变命运，
小鸭在没有水的地方，开始写作。

小鸭创造了自己的池塘，
天鹅，死于小鸭的影子。
烤鸭都飞回来了，像一场雪，
万物皆有污点，唯有死亡最纯洁。

黑暗对词语的敏感，
药片，在舌底安然入眠。

总有一棵苦楝树陪她散步，
离开人群，去拜访山中狐狸。
狐狸狐狸狐狸狐狸，
其实是她身体内部的回声。

我穿过军区医院走廊
去看木芙蓉。一个护士悄悄告诉我：
"盲人亲吻时，可以顺着嘴唇，
逃出地球，登上月亮。"

我早已学会，闭着眼睛或在黑暗中，
准确地把牙膏挤在牙刷上。
仿佛是白色的蛹，我放进口中，
慢慢吐出蝴蝶，也是白的。

内部的回声

早晨撞见失明的少女在挤牙膏，
我紧张得不知所措，仿佛她会，
挤碎世间所有坚硬的东西，
变成液体，涂在我的身上。

温柔的暴力，她已认准
一个出口，世界是老式坛子，
一种向下的引力，无形的存在
有深埋地下的神秘宝藏。

我知道，她的童年，
骑着鹅去乡村小学旅游了几遍。

一切从大海出发

海岸

克拉丽莎

周四，一个感恩节的晌午
一只雄鹰，盘旋在大凉山的群峰之巅
克拉丽莎回到邛海的出生地
目睹摇铃的毕摩上了场
火塘里的火苗蹿过青黑色的毡笠
祈福的声浪，一浪高过一浪
蓦然间，她看见父母在山峦间闪现
远隔重洋，深入这一片土地
点起一堆篝火，与彝人们载歌载舞
烤火鸡变成砣砣肉，散发迷人的肉香

一只雄鹰，盘旋在大凉山的群峰之巅
南丝绸之路，抑或"灵关古道"

马帮之旅川流不息
夕阳下的马水河，骡马一片欢腾
一位白皮肤的三岁小女孩
睁开一对好奇的大眼睛
仰望一棵榕树之根在城墙上绽放
黑袍父亲牵起她的手，走出大通门
背囊深埋一摞四季交替的底片
他完成了在彝人聚居地播撒福音的使命

彝族库斯与感恩节相逢
一只雄鹰，盘旋在大凉山的群峰之巅
克拉丽莎泪洒城头，三角梅怒放
枯竭的马水河消失在风尘中
她轻抚城墙上任岁月洗礼的榕树根
66年后，重温父亲的高寒之路

过孙水关，轻嗅山间醉人的花香
轻拂月琴的小姑娘已不再忧伤
彝家的阿惹妞献上一杯水酒
宰年猪，跳锅庄，火塘的篝火不灭三千年

天姥古驿道

青山间伐木开径，又称"谢公道"
从会稽逶迤而来，过嵊州入新昌
横贯斑竹古街，直跨会墅岭
一段石阶路，越天姥上天台下临海
倾泻心中的不平，抑或乐天知命
引文人墨客桃源寻仙，留下华章

蓦然间，看见山间的小雏菊
盛开的花瓣也不张扬
想必凋谢得也含蓄无声
一点点地憔悴，不露痕迹
随同秋冬的萧瑟流逝
山还是那山，见证古往今来

那残存的驿铺留存先人的遗迹
"司马悔桥"，即是落马桥
"仙宗十友"出世入世何等逍遥
石拱桥飞跨山涧的小溪
青绿依旧，流淌千年的清澈依旧
叹人间难觅云上的仙风道骨

那隐于我身体骨骼里的山水
在内心深处涌动
山风掠过丘陵与小溪
渴望一路弥漫，直扑始丰溪
一路风光一路诗
浙东的山水已不仅仅是山水

紫薇阁

庭院深处，雨过一树花球
夏末，盛开的紫薇花灿烂

一抹流水向着水尽处
蜿蜒的水系，接通江南的古镇

一条船队下西洋，从水岸起锚
一道弧形墙，穿越物理的帝国

对称的石球，逆向的水流
演变一场不对称守恒革命

紫薇阁，魂牵梦萦始发地
风水轮，周游世界归根地

一季黄花鱼汛远去
江尾海头，终将难觅踪影

唯留人间美丽的紫薇花
说不尽一生一世的幸福

良渚·玉鸟

热衷于飞翔，想象比风更流畅
鸟纹抽象翅膀所有的演化
浮尘岂能遮蔽一路的飞扬
玉鸟，立于时光之上
火焰从毛孔渗入窥探者的内心

沙洲北岸不见人流，唯有远山如黛
江河的源头是一片水泽
打磨与否断代石器时代的交替

斜坡撒满陶片，盛开漫山的黄秋英
墓地深处垒起一垄信仰的祭石

濯洗的祭坛，露水自然地滑落
鸟的迁徙，打开一部史前的传说
所有的部落隐身于尘埃
荒草举着火苗，烧过待耕的田野
陶罐内，笑声一浪更比一浪高

真知或谎言，开始与结束
内心感知天际间的一道道闪电
流失的思绪蓦然回返
水在泥土间预设离席的裂隙
远方西斜，日子终究遗落在一旁

瑶山，群鸟翔集五千年
祭坛的鼓声远去，隔着三重土色
云烟有意，流水终究无痕
一对圆睁的眼神，传递神灵的飞翔
美丽洲升腾文明曙光，两岸惟有苍茫

东郊蛇影

绿道不见蛇影，但见遛圈的格力犬
笼住利齿，扫视俯伏的青草
童年灵巧的水蛇浮过水草
六月的阳光何时重现思想
娱乐至死，恍惚发颤的病毒
每一根神经末梢，指向麻木的痛楚

腊肠树在院门外飘起初夏的黄金雨
花坛的木春菊摇曳少女的姿色
诱食禁果的蛇咬住你的贪婪
侵入暗光震颤的皮肤

伤口的狂躁透泄一切
伸向天空的手，已无法深入人心

躲在阴凉处蜕皮的蛇，从僵死中醒来
醒目的斑纹清晰，体温日趋活跃
六月的眉目好慈祥好伟岸
锐利的牙上下咬紧
语言哽在咽部
风吹动地球，吹动风雨飘摇

初夏时节的气息，冷热不一
透过半遮半掩的脊梁
蛇的触角渐渐露出锋芒
吞食一切，哪怕一个时代
现实拐角处，神经长出指甲
收割的刀，再次伸出拙劣的刀锋

绿道不见蛇影，语言变幻另一种病毒
一经流行，就此步入下一轮坠落
六月的纠葛消灭他人
终将消灭自己
但凡在旷野被蛇惊吓的人
却不被毒蛇所伤，且将之踩在脚下

一切从大海出发

流动又静止，岬角处的湾流
流动一丝异乡的神秘
通畅又不失缠绵
远离大陆，大洋在两侧紧紧相拥

苍穹之下，不见一丝雾霾
三角梅灿烂的一瞥
潮水间红树林的倔强

虚化我十年来修剪的枝丫

落日与初阳，纯净又明亮
在阳台两侧位移
岁月的拐角处，流水依旧
此刻，晚霞高过现实的喧嚣

寂静，却蕴涵着无限的生机
起伏的内心与行星呼应
一样的脉动，一样的心灵
一切都从大海出发

山门外，古道边
一行到此水西流，高山杜鹃尚早
竞演诗人杖藜行歌山水间
院庭内，坐看满目萧瑟
唯有一树白梅早春花满枝
踏遍青山，停不下前行的脚步
同题"隋梅"比拼三十年自我
且随花香，穷尽浙东唐诗路迢迢

隋梅

隋塔下，梅亭旁
听法师拈一枝梅花，心就溢满花香
1300年前，也许更早些
浙东一支水系出钱塘
沿剡溪溯流南下上青山
问我何处去，又到天台看石梁
少时敢打梁上行，却不敢俯瞰深潭
茂密竹林间，一泓飞瀑梁上落

寺既成，国乃清
法师植下一株梅，朝夕闻晨钟暮鼓
智者"一念三千"天台宗
捕捉一念心起，你我诗意足矣
寒山与拾得终成就和合文化
　"世间谤我、欺我、辱我、笑我、轻我、贱
　　我、恶我、骗我，该如何处之乎？"
　"只需忍他、让他、由他、避他、耐他、敬
　　他、不要理他，再待几年，你且看他。"
24首寒山诗竟成为不朽经典

轮廓

杨勇

轮廓

冰雪还在补充的初春，
像个伪命题，姑娘的短裙
尬尴于早春的矛盾体，叛逆期般料峭。

冰凌花顺势沿起伏的
山坡开了，微弱的皇帝告谕，
有着被反对的伪先知和孤家寡人的色彩。

在夜深，每匹狼的瞳孔都是陷阱，
星星，警惕在那里不能自拔

飞翔可以触摸到鸟笼的轮廓。
我借一株扎根小草，来自我画地为牢。

夏至

这努力横空照耀的一日像教堂，
进进出出的人间跑火车，面目恍恍然。

我是说形聚神散的自我，朝三暮四中
怎就骑着笔直光线，偏向里兜圈子。

天象太晃眼了，瞎掉后，黑暗疯长。
失眠，我经验比癌症还要大的一块疑团。

从闪亮登场里抠出斑点做影子陪伴，
在大白的天下我算计一副隐形翅膀。

而安顿集体和混沌，我用星宿的晚景。

是夜，小球咚咚作响，上演破门戏法。

海滩上

一排浪从云层里卷起穷途，
堆砌晚景的沙滩，被埋前，
我看见的都是皮囊、肉和骨头。

我假设每个赶海人是干净的，
五湖四海穿着泳裤泳衣，有更大的
江湖，稳定的屁股和失控的头颅。

果真，一半海水一半火焰，
海岸是黄金的，披荆斩棘后，
海景房堵成抵挡太平洋的堤坝。

海鸥招展搓澡巾，贴着波浪擦。
波里的塑料拖鞋，浪里的尿溺，
从泥沙中泥沙俱下，归于尘土。

推倒了什么?盲目的多米诺骨牌，
像乌云汹涌，我相信最初的
一浪与最后一浪有着同一结局。

尖叫的人还在尖叫，尖锐的人
搏击海床。剩下的自我活埋，
沙漏卡住喉结后重新复活一次。

海水虚拟的锁链，锁不住秘密，
退下来的泳圈脱胎出新裸体，
用来解套，肚子上是新贵的累赘。

观海结束了，海还是一次性海，
海还是沙滩的囚笼，陆地才动荡。

一颗经期紊乱的眼泪，是腥咸的。

而海里有巨兽，继续爬起来。
即使，送到岸上也什么都没有，
两股间，战栗的性器悬而未决。

暗涛送来千万支宽大的奏鸣曲，
偿还浩瀚，我渴望渺小和虚无。
退回一粒沙以抵抗三千大千世界。

诗恋上大海也不及物。大海是
塞壬的，梦里我是她。我和暗礁
扑向浪花，彼此碎了又碎!

雷雨夜翻书

大雨轰鸣来自深夜黑衣人喉中的哮喘。
纱窗上飞蛾打开翅膀像白色的尸衣，
黑眼睛在梦里凝视现实调和着虚无感。
翻书，独坐在雨声里，埋得越深越寂静。
伊利亚斯·卡内蒂敲响了钟的秘密心脏
"一个仅在夜间存在的生命:
用什么来代替早晨?"
大路变得泥泞，面孔在涌来的雾气里。
我转向山林中躲雨的动物和燃烧的焦枝，
词不是电闪雷鸣，仅仅是为沉默的呐喊。

替身记

冬日城池充满煤烟的辩词，
咳嗽从肩膀分崩出一只寒号鸟，
大寒劈头，他缩骨收回汽化替身。

阅读人不能从坚冰里找到出路，
书，黑暗翻过后留下词语的荒芜。
而乌鸦在写作后发出小儿的啼哭。

狂雪乱卷，被荆棘和朔风操控，
你看十二月的监狱对应嚓声门庭。
照与不照，山河藏身修辞学里意淫。

梦中犬吠，喉咙醒着一个嗜睡者，
倾吐后是黑的。旷野提起星灯，
长蛇口含毒液，冻僵也不会毒死自我。

岁末迎新记

车过隧道时，词语遇到了黑暗。
我是说读一首诗，失声后空空回响，
我是说车轮，虚无后咬牙滚滚向前。

我是说雪原上奔驰的动车孤独耀眼。
这最后一日像禁书却镶嵌解放的星光，
冷到骨头的人，掩上册页仰首幽蓝穹顶。

我是说梦醒后长夜开始了，蝙蝠纷飞。
我是说被推过一个踉跄后我虚长一岁。
我是说落日此起彼伏不断回到暴烈自我。

村庄里的幸福

王爱红

词根：指

指首先是一个动词
比如手指，不一定用手来完成
比如一个暗示，一个眼色
甚至不需要一种表情就能够完成
一个简单的过程
所以，我肯定
指不是一个名词
不是身体的某个部位
比如指甲，比如指头肚儿
它们是柔软的
不能像剑一样锋利
但是，指可以是形容词
比如惊悚，头发上指

指鹿为马是一个成语
成于秦
成于鹿和马之间
一片历史的荒原
指是一个阴谋
散发着腥臭
在这里指是肮脏的
因此，我们保留洗手的习惯

关于指鸡骂狗，指桑骂槐，指东打西的，指
是一门艺术
有点诗意了
比如弹指一挥
时间不复存在

比如掐指一算
眼前便有了影像
这时候指就会成为具体的行动

比如弹琴需要十个手指
需要全部的精神
十指连心，心是指挥
千军万马的将军
所有的声音都是从心里流出来的
包括音乐，让血液经过手凝聚到指尖
像一个芯片，储存着所谓人世的情感

指是一个方向
牧童遥指杏花村的指是小指
指点江山让江山易容
是为大指

一辆蓝色的自行车

一辆蓝色的自行车
让人看到无比的蓝，一点点远去
又折回来，一下子将我覆盖

往事像一片阔大的叶子
文化宫本身就是一个停车场
所有的车都随便放
但需要用锁，锁紧了
锁在荫凉处
30多年前，多少有点远
有点辽阔，有点不着边际
是的，我的爱和我的追求也是这样

自行车的主人去跳舞，去约会，或者
去读书，迟迟没有回来

车轮和年轮相比，是谁
那么固执，几乎看不见动
但是，我却追不上你
和你一起走，哪怕是一公里

你已镶嵌在一棵树上
成为这棵树的一部分
似乎不像是真的
一只风化的鸽子或者凤凰
雕塑飞逝的往事

天空像退了漆似的
灰蒙蒙的
似乎酝酿了很久了
雨却怎么也下不来

我是谁

我属兔
但不是兔
这恐怕是所有的烦恼与快乐

我是谁
我所有的努力
不过就是期望像人那样生活

我认识一个无神论者，他
表情十分严肃地谈到宗教
像神那样思考，目空一切
与一粒微尘述说着谦卑
一个内心黑暗的人在不停地制造生理上的快
　　感
他指着一位漂亮的女人说
这是人类的终极风景

我的一位画家朋友
他的画能够卖，但
远远没有高更那么值钱
他说，纵使道路有一万条
他还会选择画画
没有比画再好的东西了
他不停地画，叫做执着
对于画来说，他是重复的动作
是一门技艺，是12种颜料
像12生肖那样，他
是五彩的墨，是已经弯曲的笔
他是一张被作践的废纸
如果画不值钱，像高更生前那样
我不知道他是否还会画下去
把画作为他的墓志铭

我想，如果再年轻一些
哪怕年轻十岁，为了我
走过的道路，绝对不再重复
而如果再老一些，至少老去三十年
我是一位老人，没有可懊悔的事情
还会告诉你，这
是一个简单的问题
也是一个复杂的问题

村庄里的幸福

我回老家就为奶奶
奶奶依然健在
没有什么能够把我诱惑
奶奶看见我别提多高兴了
我的理想就是奶奶快乐
奶奶长生不老

说话间又到了做饭的时间
奶奶一如既往地给我做好吃的
奶奶做什么都好吃

奶奶在做饭
我也不会傻等
我对奶奶说
我去外面走一走
奶奶说好呀好
见到不熟悉的人也别忘了打一声招呼

村里的人大都记得我
老远就对我指指点点
他们回首仿佛不是为了看我
我分明听见他们在说
这不是某某家的老三吗
某某在他们心目中不知有多么高大

喜欢与我套近乎的人总有话说
回来看奶奶了
是啊是啊
这样一问一答
点头哈腰
不知不觉就走到村外
走得好像有点远

雾霭笼罩着阔大的田野
春夏秋冬一闪而过
不知是哪家的牛哞把我唤醒
多么惬意呀
我不慌不忙地走着
所以不会离开村庄的范围
奶奶更是知晓她深爱的孙儿
就在庄子里
正走着回家的路

不知不觉
我已走成爷爷的模样

诗意弥漫

你低沉的头颅
蒙上了灰尘
台灯呀
不知你的灯盏在书案上
是否还还能传达梅的秘密

注满了墨水的钢笔干了
大雪封住了门
是否也封住了你的思想

寒冷的日子
空白的稿笺
难得有这样一个空闲
让诗意弥漫

好一个典雅的高仪亭

张联

都在披戴着最华丽的彩衣

如果你肯拐过村角
就能看到两个场景
这是我的村子
时间一定是傍晚
女人正跪在场面晾晒着的葵秆旁
低首拿着手中的笸拾掇最后的秕子
另一个场上几条汉子扬场
让荞麦的埃尘飞扬在落日的金色辉映里
静静默默每一粒飞扬着的尘埃
都在披戴着最华丽的彩衣
轻盈地高扬着的荞粒
飘逸在村旁一个个的影子
又渐渐地飘下来

当我拐过村角
拐过我的诗歌之屋
沿着我的诗歌小路
滑进村子滑到场上

好一个典雅的高仪亭

好一个典雅的高仪亭
停放着我的祖父停放着我的祖母
在这黄土之上亮着的坟穴
亮着祖先的金黄色的寿衣
亮着亭的华丽和雕镂的华彩
祖母在亭门旁的一处

祖父在亭中亭中有桌有椅有彩砖
华地桌上有热水一杯说祖母要喝水
一个现实的影子因为祖母还在人世
这时亭外已停新棺
我的弟兄和我们这些后人
正在给这红色的新棺摆好方位
准备沿土新棺冒着寿色的气缕
在这活着的生死离别和重逢的喜悦中
跪拜高仪亭恸哭泪流无声
我又好似独自瞻仰着宝地
在高仪亭前还有我的女人闪着影子
看着这人世的戏

我走动着漫游着犹如幽灵

黄夜秋风吹开紧闭的门扉
在这秋风破寒舍的月光里
我看这秋风如冰水冲进我的室内
门扉裂开夜月漫漫时光沉沉
我独自静寂而迷天体
其实我死了如月华的影子
在银灰色里遍布整个家园
矮墙头的树枝上
在幽明里幻化出我的影子
守着村庄寻找着我的诗集
在一个虚幻的屋子里翻动我的书柜
我走动着漫游着犹如幽灵
我醒着知道我的前生
我默默回到自己的屋子
推开门扉寻找我的诗集
我悲痛欲绝地跪拜着恸哭着
我的诗集它在我的柜子里摆放

在原野上孤独地矗立

我在祭奠我的书柜
祭奠我的诗集
难道因为我死了一切也就如死了一般
只有我在月夜里归来
在绝静绝寂里伤悲中归来
其实我死了尽管我活着
无人知道我已走完了人的一生
也筑成了一座白玉之塔在原野上
孤独地矗立

静立在几种空的声音里

秋末里的村尾两个女人
正在村边牧羊同时扯着话语
声音空空地飘落着
让时空夸张两个乌鸦正飞出村去
低过落日的淡黄色在羞光里
隐显两个麻雀儿在杏黄紫黄的杏叶上啁啾
空空地说杏叶儿黄了
一个猪儿正在屋后进食嗵嗵的空响
静立在几种空的声音里
也听落日的空音
只是在那片淡黄的灿灿里
一只淡青的凤沐着淡黄的颈项
在落日的霞隙里飞起无数的羽翼
两个鸦儿回来翻过矮墙头
不知啄回了什么　嘎的一声空响
便沉寂了下来
我从几种声音的空里回来
思念着秋草

寂静的只有我和房相对着

一抹淡红燃烧着整个净空
日落后的清冷淡寡在这秋末的萧瑟中
一切生命的枯黄萎缩
在一个心情里低落着
一抹淡红在燃烧
碰上整个净空那种清冷淡蓝
这是整个村子剩下的最后的颜色
在这一天的最后
我还是燃起了我室内的炉火
让青烟落满院落沉沉静静的
飘逸着低落在这大片蓝的净空下
一个小屋的烟缕足以证明
世界醒着的活物
我的心情就像烟缕一样
从铁皮的圆口里不停地冒出来
抽着室内孤独的空气
燃烧我自身肉体内的干柴
和红色的血液的时候
犹如煤的赤红寂静得
只有我和房相对着
我好像是那一抹淡红燃烧
碰上我整个室内空间
变得和净空一样淡蓝

瞭望那秋日里的吉祥淡光

几辆暮色的小车悄悄滑进村子
像蛇般神秘触着了打葵人的场面
时光在静淡里默默滑行
人和葵永远停留在葵场上
那无思之境里小车来了
在我的小路上

寻着我的诗的影子
走进我的恬淡的诗歌之屋里
站在无思之境中
瞭望那秋日里的吉祥淡光

让支架围着架头指向着天空

小村在清淡里又多了一户新的建筑
村里的男人又聚到了一起
这是村子的命运
四面红色的砖墙渐渐地长高着
听着大工说笑话
说两个结巴骑着马逃跑碰到了一块儿
一个想问对方土匪来了没
口里说着土土土
一个想告诉对方土匪已到了脊梁台
口里说着脊脊脊
还没闹明白土匪已追了上来
初冬的日头很短
雏形的房
让支架围着架头指向着天空

无语着天边天外显现的话语

我在村西旁
只有我目睹所有的山梁和小路
和静态里的积沙积雪和积草
想象着走过的村人怎样翻过梁去
以及牲口和羊群的游动
一切都在幽明幽暗里无语着
梁下和路头传来的秘密无语着
天边天外显现的话语

我在村西旁
只有我靠着一辆小胶车
呆立着支撑着一个梦的结束

原是去完成了一次神差

十一月三日
神差在那四十里的村镇上
我的车在妻的娘家门前搁浅
原是天事我魂已去
在这样的夜梦里
原是那红煞遇难在天街里
我独自走进一个空寂的村街
村街里没有人迹
可那岑寂里的呼吸
是一个红衣红裤的妇女
禁锢在古老的一户土屋里
我救她于饥饿中
只是在那恍惚中走下天桥
腾飞起我的身躯
不知几千万里
已回到了我的真身
真身停留在一个惊梦的小阳沟
原是去完成了一次神差

短诗两组

柏桦

最忆是杭州（组诗）

过杭州

十月孟冬乃有小春天气，
我们在杭城穿越繁华——
猫儿桥畔，魏大刀肉熟
钱塘门外，宋五嫂鱼羹
南瓦子前，吃张家元子
涌金门边，河南菜灌肺
金子巷口遇傅官人刷牙
沙皮巷又逢孔八郎头巾
三桥街上走马姚家海鲜

李博士桥下观邓家金银
太平坊里坐郭四郎茶室。
南山路丰乐楼，吴梦窗
书莺啼序于壁，绕晴空
燕来晚，飞入西城开沽——
流香、风泉、思堂春酒；
陈醋洗手蟹，紫苏虾儿。
烟柳画桥，风帘翠幕……
人生对此，可以酹高楼。

杭州，1253年

年轻黎明来自一枚拉脱维亚宝石
吴文英在杭州丰乐楼凭窗织锦……
我写诗，只是为了消磨时间
我养鱼，也是为了排遣逸兴
死，死了死；生，生了生……
"真的，我简直是相当满意，
处在这样一个独特的社会。"

1253年怎么啦，命运的麻沸散
雁以不材死，树以不材生。
人脸钟头几点？量耳裁愁后
顺风递给水面一个宴室，秋天，
江湖载酒望海潮，锦儿偷寄幽素
我来听桂花影里吹笛到天明……
哪管那来自黑海的商人市列珠玑！

注释一："雁以不材死，树以不材生"，见《庄子》。
注释二："锦儿偷寄幽素"，见吴文英《莺啼序》。
注释三："市列珠玑"，见柳永《望海潮》。

真的

1921年的杭州哪来水蛇腰，是一个短发城市
早夭的宁波人崔真吾，真的是希腊的！
无福的应修人呢，也是真的作白话诗
——"腊梅花儿娇，妻的心事我知道。"

真的，"当他们年轻时，个个都是好人。"
真的，没有人想起那些永不再相遇的人了吗？

2016年，我就想起了十九年前见过的摩洛哥小商人
他很年轻，他在巴黎十三区开了一家小杂货店。

注释一："没有人想起那些永不再相遇的人"，见舒丹丹译拉金诗《降临节的婚礼》。

出夏入秋，少年杭州

凉气袭人……英国的夏天，不说也罢。
说中国桑拿天减肥反影响了西子样子。
江南无白发，今生今世何以见证不朽？
真没想到是热，让我重回南宋的京都。

热翻天，杭城内铺铺连云，肉肉接壤
画船趁此入了西冷，星球下的纯真年代——
很快，秋天要黄了，那是说黄人史黄！
那是说水龙腰子将是最后一道南宋菜？

风吹学生，山响弓箭，我也可以不说
父趾至会稽八千里路，他乡有个表弟。
病中十日不举酒，太平广记有鬼诗……
说的是老人吗？壶中日月天气好，晒晒——

越十年生聚，而十年教训，一代又一代

酒青临安轻，欢娱无限事来报答少年人……

注释一：为何开篇要从英国的夏天说起？这犹如我们的人生戏剧，在接通临川四梦的汤显祖后，也可以先从英国的莎士比亚说起。

注释二："西子"即著名中国古代美女西施。

注释三："病中十日不举酒"，见黄庭坚诗"病来十日不举酒"。

注释四："越十年生聚，而十年教训"，见《左传·哀公元年》。

注释五：末尾一句是我遥想南宋时光，即北宋东京"灯火上樊楼"的诗酒盛景在杭州的重现。让我们在此顺便重温刘子翚（1101-1147）《汴京纪事二十首》之一：

> 梁园歌舞足风流，美酒如刀解断愁。
> 忆得承平多乐事，夜深灯火上樊楼。

越南组诗

我看见了两个最美的亚洲少年
——读梁小曼拍摄越南照片一帧

如果你说"美是一种人们看着它而不向它伸手的水果"
我就说美是越南阴天的绿树，黄色的墙，矮矮的瓦屋。

在会安，生活从这天清晨开始；看：它的样子已在集中
——两位少年正骑车过桥……那样子？

那样子！那样子呀！让我百年后，也会想起你说的话：
"美是一种人们看着它而不退却的不幸。"

注释一：诗中引号内两句，皆西蒙娜·薇依（Simone Weil，1909-1943）所说。

越南牛人

为什么总是牛？Francis Jammes？
我问的可非法国牛，是越南水牛；
牛的一生，还用问吗？何其单纯！
劳作，老去，然后被人彻底吃掉。

甚至干水牛粪也被吃掉，但唯独
在乔达摩·悉达多苦修的岁月里。

牛之后还有何事值得玩味？越南。
热！阴囊一年到头都是湿扎扎的。
人！打着赤脚或趿拉凉拖鞋抽烟。
星期天，越南的苦闷会美得出奇？

空无边处，识无边处，无所有处……
之后，我欣逢我成为自己的导师。

注释一：Francis Jammes（1868-1938），法国诗人。
注释二："湿扎扎的"，四川方言，指湿漉漉、黏糊糊的。

今春西贡

今春观看南越，需要不朽的眼光。
西贡——胡志明，大街浓荫明亮，
古老的榕树不是抽条了，是抽象了。
红色的高更树让人想起塔西提岛
一种法国的幽闲。美国梦舒适么？
水里漂起的仍是眉毛般的醉舟，兰波……

蜡黄西贡，炎热神秘，爱吃春卷的
小哥哥，一天到晚身穿黑衫行走在
动物园和阿兰德主教的陵墓路上……

坐一坐露天咖啡馆就等于回家了。
谁关心西方，它的范式在哪里？
斯宾诺莎写下的几何诗预言了东方？

日升日落教堂静，寺庙闹，在西贡
川普两不靠，但他一定属于未来？！
"我的遗产越多，我越是诗人。"
俄国诗人边说边埋头研究当地松树。
这里多么中国！我当春冲口而出：
儿童的屁眼同样被狗儿舔得干干净净。

注释一：川普，即Donald Trump。

越南日记

一

暗黑高山，林间平地，下午
我走着，感觉走在月球表面。
突然，天发亮了，有冰雹！
要开发票吗？十元买路钱——
离开谅山，下一站胡志明市。

见鬼廷巴克图！见鬼爪哇！
越南真的被视为时间胶囊？
一切都变了，零钱也是变
用大钱买来的香蕉仍是香蕉。
只有花生的味道五十年不变。

二

石桥低矮，小河宽浅，好黄，

一堂诗歌辅导课在农舍进行……
我有责任告诉你，越南：
人多么单独，人只有自己
人生于他者，人死于自我

六十三年前叮过你的蚊子，
六十三年后又咬了你一口。

越南亚洲，狂人在风中如厕……
越南亚洲，狂人在户外赶路……
越南亚洲，狂人写下日记！

注释一："廷巴克图"，Timbuktu。马里历史名城。英语借来指遥远未知、难以到达的地方。"爪哇"，Java。指爪哇岛，属于印度尼西亚。中文语境里，同样借来指遥远未知、难以到达的地方。
注释二："零钱也是变"，英语双关语：Change is change。
注释三："用大钱买来的香蕉仍是香蕉"，即英语：Paying too much for bananas is bananas.此句意思为：用大钱买香蕉是愚蠢的。

独自面对的时刻

沈天鸿

独自面对的时刻

秧苗刚刚栽下去
它们还没有活过来
但没有人为它们担心
一位老人甚至在
盘算今年稻谷的收成了

只有云怜悯地倒映在水里
与秧苗做伴
但这种同情有什么用？
云一会儿就走了
一层浅水的稻田里
只剩下天空

秧苗如此，万物如此
人也如此——
总有必须独自面对的时刻
即使是生
即使是死

李白来信

狂草体的字
在纸上不断倒下
落叶在门边不停地堆积

那都是些繁体、繁体

但竟然也有一些简化
并且

最后是一些空白，就像
孤帆远影碧空尽
就像西北风狂吹

我读不成句子，我只听到
仰天大笑
而淅沥夜雨已不能被手臂托起

水中的明月密码一样的符号
谁能解读？
一张纸上，你跨过自己的身体

风灭，万籁归于沉寂
苍苍之天，高乎视低

某些东西

这开满野花的无名的山坡
这我第一次看见的
地球的某一场所
但它只让我凝视片刻
——许多东西都像它
就像昙花一现
并不为被人看见而存在

歌

泥土还有寒气，入夜的
道路像金龙河水一样冰凉

青蛙还没有出来
赤脚的少年
你为什么在田埂上行走？

油菜花现在是一片黑色的芳香
它想隐藏起什么？
麦苗无声起伏
一只猪獾跑得比少年更快
天空中有无边星光的波浪

……许多年前的情景，回首
赤脚的少年仍在田埂上走着
泥土并没有安慰他
仅仅是他感到泥土的气息
升华为歌，被他传唱

愚蠢的旅行

山路盘旋。一边是山
一边是悬崖
因为速度
风，呼啸着迎头扑来！

我有些晕车。

未曾预料的旅行。
我正在到哪儿去？
这一车人正在到哪儿去？
不知道。仿佛只是
时间在旅行

山太高了
道路正在把我们
虚幻地带上天空

我只看了一眼：
悬崖下面没有底
只有尘世，它青枝绿叶
被人们，也被我
亲切地叫做"人间"

理所当然……

理所当然，春天从一个
穷孩子的微笑中出现
然后扩散进风
扩散进风中行走的我的
感觉：它有点儿凉

那孩子穿得单薄
他似乎因此而笑，此外
他还有什么笑的理由？
早春阴霾的天空下
他蹦蹦跳跳在泥泞的

道路上，两边是
还未从薄冰中醒来
还未能带着绿色涌向
二十里外山冈的
萧瑟的田野，但风也像他

那样蹦跳着，笑着
早春的风，早春中的他
都十分年轻，年轻得幼稚
快乐，不需要理由
甚至反对理由地

快乐，蹦跳

自己与自己做伴，自己与
自己嬉戏
让远远地看着他的我
感受到了生命在风中呼吸

迎江寺

突然暗下来了
光线，被留在外面
这里充满了
佛的金碧辉煌与肉体
由淡变浓的懵懂

是否真是这样？
我在这儿变得无知
佛，是我所不了解的

牛顿最后才相信了上帝

门外，江水没有声音
但它必定在
它的自身中流淌

过去、现在、未来
都沉默不语
永恒的轮回，时间空间
正在哪一个点上？

走出迎江寺雨就开始下了
闪电像天空的微笑
带来安庆梅雨时节的
又一个夜晚

登振风塔

风也不能告诉我什么
振风塔，拒绝变得温柔

时间越过
人们不断老去的城市
留下婴儿
他们将会像我一样
登上这塔
看看然后下来

灵魂有时会渴望攀登
但它找不到塔

城市在飞速发展
看不到地平线
但能看见长江
奔腾，弯曲
并且浑浊

时间空间据说都会弯曲
但需要速度
而塔早已静止
这是塔至今所犯下的
最大的错误

我也会犯错误
你也一样，人人都一样
因此我原谅了振风塔
原谅了所有人和自己

二月的折中主义

孟凡果

间奏曲

在混乱和破碎中肃穆依然
瓦砾灰色的咏叹
与笔直的烟囱保持距离

铅块般的乌云，步步逼近
阳光龇着牙，无所畏惧
如内心的花朵，伺机怒放

是什么样的暴雨会令我们惊讶
宽宥，像台阶一样被分配
在晨祷的祈福声中腐烂

而爱情不过是两个空泛的字

是废墟间激动难抑的短暂

当所有纯真的愚蠢和脆弱的庄严
尚未全部坍塌前
心灵啊，是否也会像两只鸽子，如此亲近

藩篱

季节无耻地继承了季节
落日怪癖的喉咙，吞没诚意
这些肮脏的雪，还会再一次证明
谁的无辜，谁的罪恶

法官的锤子，像病毒使我们额头抽搐
把我们塞进子宫，再一次
尖叫的打击乐，分辨不清椅子的高低
屏蔽，拉黑，闪电一样迅速

去热爱和讴歌低矮稀疏的草原吧
去赞美和感恩我们浑浊的江河吧
羊群被剥下的外套，怎么能拯救心灵的干涸

当语言的刽子手，摧毁最后一道藩篱
我们如何去面对
扑面而至的金银花，纷纷散落的花瓣

二月的折中主义

中央大街从铜管乐队的彩排中
释放出山毛榉的花腔
古老的敌意穿着黑色的皮靴
踢踏声如记忆中的多挂马车
有人试图从圆号诚实的低音中
寻找医治心理疾病的钥匙
二月枯萎的玫瑰花像泪水
吞下整条大街的肤浅和俗气
无论折中主义还是后古典风格
所有建筑都像过分涂抹的口红
在长号的咳嗽声，等待救护车的到来

巴林之夜

寂静中我听到了青草的呼吸
苜蓿、碱草，还有野艾
一列火车从小酒店的餐桌上驶过

在iPad划过的瞬间
有颗星星跌落在草丛中

五月的味道

一只灰鹊的长尾
如同记忆中的长途汽车
纯粹在植物的深处呼吸
泛滥的郁金香是大地的广告牌
庸俗的手指，喘着气
从倒影和风景的呻吟中，我们
把宁静和安详搂在怀里

庄园

我们可以在这里驻足，流连
病态的阳光，放肆地窥视
谎言攀缘的蔷薇花
所有建筑都缺少呼吸，温度
像一幅幅摆拍的摄影图片

在没有历史的历史中
只有阿什河的无奈，有一种闪烁的美

抵达

在言词和心灵的空白处
情侣的舌头
像永不屈服的长椅
跺着脚，船只是冻在冰上的面具

白脉椒草的纯洁
比蜡烛斯文。在雪中
石头的大街插进风的锤子
无边的愤怒

都灵之马

压抑。压抑
一匹马的世界？
绝望
吆喝和细语
风在堕落
主
土豆瞪着眼
让我们如何去死
那些火
去死……

阴雨天

把这个阴雨天装进兜里
不安和恐惧的蜻蜓
我承认它们无可奈何

林子的尽头
被割过的野草
有灰鹊的聒噪比雷声紧迫

在燕子翻过的枝形吊灯之上
爱情被裹进玫瑰的花束
那失去的手套的尖叫

雨天的念想

子川

歌词大意

旋律在风中飘动
断断续续地，安静下来能听到
已经很久。
雪很少，月亮时圆时缺

歌词大意：活下来，就得活下去。
有一些东西不能选择
还有一些是假你之手来选择
在未完成状态下

未完成状态真好。
风写两句词，云也来补一句
山里的石头沉默，算是休止符

溪水一路嬉闹着走，山鸡似飞不飞

所有感觉都在
春天来了，花又要开

喜悦

黑暗在窗外
弥漫。曙色来破墨
给画板涂上亮色
再染上朱红

此时的喜悦

与谁共有
读计时器不到凌晨五时
还都在酣睡。
灯下，翻转地球仪
背光的一面，黑暗刚降临

有漫长白天与你相伴
还有黑夜。呼吸不止，现在还在
绿萝伸展在窗下
新绿生长。
此时的喜悦与谁共有

大于零

水往低处流，不停顿，没留下间隙
像是在复印时间。
二手时间
持续清零的动作

田野，一片片麦子倒下
然后是稻子。
芦苇举白旗，赢得一丁点
时间，用尺子比画年轮
清算树的账目

扪自己脉搏，寻红色液体源头
自父辈的父辈向上触摸
到处都是空气
零在叠加：用加法、乘法
用平方、立方

运算不复杂，化繁为简
得数为零。
逆流而上的鱼，虚拟的龙门。

许多年前，一个孩子曾写下一句谶语：
总也走不出的凹地

杂物

又是夏日
火炉一样的城市
我躺回平时放杂物的凉椅

如果没有手边书
铅笔和纸片，偶然飘过的一片思绪
我还真成了一件杂物

这夏日是哪个夏日
掰手指头：三十，四十，五十……
不免感到手头拮据

白鹭洲的晚钟，一下下敲响
有一下我听出来是爱
还有一下是死亡

在这两种声音中
我静静躺着
一件落了灰尘的杂物

雨天的念想

雨仍在窗外下着
听雨的人，换了一茬又一茬

许多细微处易被忽略
这世界声音无数

细细辨听雨声的人不多

暗中移换的声音
让我想起一个故人
单向的念想，我的眼眶有点湿润

那一场记忆中的秋雨
被唤醒
夹杂在此际的雨声中

一种单向行为
感伤也是，雨声也是
无益的，无效的，甚至无意义

界限

能见的天空
有一条你看不见的线
切割白天与黑夜

有一条线，划分月缺与月圆
还有许多你看不见的线
给出一个个界限

后浪推前浪，标志前后那根线
怎么画？画在哪里
花开花落，花开到什么时候
便开始落败

很久见不到阳光
太阳常常钻不出雾霾
又是一条什么线
让太阳突然探出头，照花人眼

巴音布鲁克 白光

红楼又梦

每个人的心中
都有几条胡同

昨晚我在胡同里转悠
又转进了红楼梦

林黛玉还是从前那副德行
颦着个眉毛　乱发癔症

见了我仍然爱理不理
跟她唠嗑也是前言不搭后语

不过黎明前她偷偷发来手机信息：

花谢花飞飞满天　红消香断有谁怜

我估摸着她这次有点要玩真的
赶紧从大观园西侧的小门溜了回去

两只蝴蝶

两只蝴蝶
在池塘边
一上一下地
飞
并交配着
直立行走的人类

把这个场面
演绎成小提琴协奏曲
《屌丝青年梁山伯
和
卖萌少女祝英台》
高纯度的
爱情
坚固得
不溶于水

巴音布鲁克

我在长城上画了一幅自画像
画完之后转过身　目视前方
让你能够一枪打死两个人

我倒下会压塌了长城
长城倒下会压塌了贺兰山
露出了一望无际的大漠驼铃

即便是遗落在草原上的
一粒羊屎　也能跳起来
变为成吉思汗的卫兵

巴音布鲁克给了我一万条命
每年都有几次
随着草籽萌生

海螺墙

渔村的海螺壳堆积成墙
躺在墙边的龙眼树下

听耳机里的小提琴曲

夕阳在天空泼洒着颜料
我在半睡半醒的状态下
用意识流剪辑着两个故事

岩石上海螺也有情欲吗
粗糙的外壳　裹着敏感的纤维
气泡和气泡　传递着细语

几个轻盈的音符跳起来
画出西子湖畔的桃红柳绿　相送
走了十八华里　还有十八公里

挤进肚脐眼里的一粒沙子
挥霍着海螺的爱
日复一日地孕化成珍珠

两只彩色的蝴蝶翩翩起舞
从草地穿过树丛　窥视着
平民百姓的悲悲喜喜

海螺被人蘸着酱油吃了
剩下这堵墙　见证生死相依
蝴蝶也飞倦了　孵化出毛毛虫

云层中慢慢地爬出　那枚
失眠者的月亮
为两个不同的故事　画上同一个句号

青蛇

我要选一处潮湿的古屋
养一条青蛇

每天和她唠家常
一起吃饭　一起生活

细皮嫩肉的白娘子来串门
就请她到厨房干点粗活

要是许仙也跟来了
干脆就罚他拉磨

法海要是真的
把素贞姐姐抓走

我们就养活她的儿子
把他培育成粗手大脚的劳动者

空格触摸了我

李建春

入住的朝霞

即使我入住高层，在新装修雅洁、完善的
包裹中，也不及天上的鱼鳞斑
这是路过的什么神仙的仪仗
几乎毫无动静，从上清宫的壁画中
浮出。是西王母酣睡未醒，从昆仑山翻滚
现出真形，露出她下腹的龙纹
清气四溢。万类忙于嘘吸，我忙于惊叹
在我用自己半生购买的新居中，像个傻瓜

我用被映照的、焕发的一面，回应
那些鸾女。她们也是被映照的，喜气洋溢
　凝视着东海
古老的大神，由于精力充沛，每一次出巡

都像迎娶的队伍，北回归线下
永恒的交媾，因他们神性的健忘
而喜乐，顾不得这些旁观的大鸟，淫荡的云
因嫉妒而露出阴鸷的一面
我更嫉妒并向上窥视
身体变成流线云，伸出窗外

短暂的物质，我因为拥有它们
将其雾状刻意打造成晶体
我用尽年华追求一种实现，在那些可计算的
斑斑劳作的感应下，水泥、石灰、铁、木
及其他构件，个人用品，书籍等
通过可略去的社会分工，而组合
成为活性的机体
我享受这个瞬间，宇宙之浪，在多重虚拟的

几何线下
成为地球上的一隅，供奉和被供奉
此国此家，在昨夜的混沌中更新
我因为深爱他们而不忍重述
朝霞未看见的哭泣的时光

春深

新草蓬勃，在茂密的枯草中间
昨夜到今晨，一样承接寒冷浩荡
三号楼和新翻的土，也等同，夹着旧基的碎
　　水泥块
春雨下到新轧的路面，和忘了收的被单上，
　　是两种性质
幼儿园接送的欢鸣、早晨的鸟，同类
春梅和桃花、忽然溢出堤岸的流水，同类
孩子和大人，礼貌地接过半只苹果
他们咬开苹果的声音，略有不同
去与来，同类。上升下降，只有我
与这一切。冰冷的心，渴望郊游，这与以欢
　　快的方式
从外卖的手里接过餐盒，有什么不同？

垂丝海棠

最难堪的，莫过于在雨中出门
惦挂着垂丝海棠
我走不近，因为雨幕的银灰、逝去的
和目的地，一样短，一样迟钝
银杏、国槐、朴树等名木萧瑟的时候
苦楮给出嫩绿的海参叶
桂树的老叶顶着红叶，像祖父抱孙子

如果我住乡下，也会这样
全然没有九月的名声
一些花伞，光秃秃的像探头
庞大的身躯，就那么一点纤弱的示爱
垂丝海棠并不掩饰她们红色的挂链
因而成为这段雨程的灭点
日出后她们会乱开，像邻家妹
在青春期出门打工
这工厂的天气、金属建材哐哐响的天气
怎么下雨都是不合适的
我有幸穿过一截甬道，红叶李不客气地
掠过伞沿，将水珠甩在我脸上
因而我也有蕾丝的情绪
在到达中尴尬的斑驳的领地

展开的卷轴

忽然有悲伤涌入鼻窍
无须探问是何物
刺激敏感的褶皱。山水重构之磨合
夜幕的石齿，挂着逝去的一块肉。
鼻泪管的喜鹊，在散射中收缩瞳孔
要回到路边粗糙的巢——这家
不像血燕，靠分泌的温暖。是细枝的体育馆
整个像一团铁丝太阳。
他回去也是锻炼，翅膀展开
非色，回应日与夜不分明的灰色地带。

我用春蚕吐丝法，画一座边城：
思考如何用偏锋，画住宅区的锐角
思考如何将卫戍区的墨团揉开
盘成环绕的城墙。这卷轴
停在书桌上，像分成各自的裸体
裹着被单等待。为我剖开的心肺

不可避免的峡谷，灌入江风、野渡、垂柳
用毛细血管搭一座独木桥
拷问载着板栗的乡村摩托
如何过桥，或如何
垂钓，在静脉流淌的湿地
动脉豁开的内陆湖？
我题写无字之书在他们互爱的距离中间
铃上鸡血石篆印在躁动不宁的草坪臀部
霎时合拢玻璃钢窗的光芒下楼查看
不远处塔吊的迹象

我记不清上山的弧线
只为眼帘的扇面之大而震惊
年近五十，登临峰顶
未能安定的因素
在山下，仿佛春天的腐殖
转瞬，却被身旁的树梢
欲雨的天气稚嫩地延长
我曾反复在无数个山腰踟蹰
如今爬上这台地
也只是把日常抬升到无蔽的海拔

风中堆积物

因我早起，常使晨辉驻满我胸中
但我很快会浑浊，像从未发生一样
但我也发生了，多重的手
正我衣领，走过大门且以目光
示意门卫，沉下的石头只是
我试图刻写它们，填上蜡质的
装饰然后打磨，使它们成为
更自然的卵石，成为玛尼堆
积在风中

哐哐铁门在身后的中午
抬升大一女生的重难点
她们没有进入当代艺术
就把手机遗落在教室

嵩顶即兴

嵩岭的巨型屏幕
美化和削弱了此次行程

眉间尺

我的动机凝在这片山水之间
卡着桥梁、道路、瓷器
风化腐烂的线条；入夏的彩鹬
湿漉漉的个字伸长喙
刺入散步的虚空。我到这儿来
原是为了退步，用青花碗的深度
丈量风景的体积
我所走的每一步路都是新的
像刚出炉的锅盔……眉间尺
在湖岸的柳下荡漾，难以承受
阵雨淅沥，荇菜参差

丈夫气在这片湿地，静养
我丘陵起伏的心胸。锐角的前沿
迟钝。循着我来的方向
远望市区的玻璃山
而带回汽化的水珠
零碎，剔透，滔滔不绝地
将骤然升温的块状办公桌
用失蜡法重铸成方鼎呀

压痛

我不耐烦割谷　插秧
我就得挑草头　这少年的力量
在田塍上奔走　寻找平衡
我就得忍住肩膀痛
把抢担横在颈椎　像上了十字架
双手张开　踉踉跄跄

挑水也是这样　却多一点
看自己的乐趣　向那深井张望
幽暗的面容像睡莲
青蛙警惕来自烈日的雷霆
我只是说我丢下一只桶
让它慢慢沉下去　又及时钩住
使劲提起　咚的一声搁在井沿
溅湿鞋面和晒白的土

我要上哪儿去避开日常的苦
和汪洋一片手植的偺头
我要去北京　用重构的道
与人交流却除了肩头的
压痛什么也没有挑着

我们相逢在饱满的时刻

我们相聚在人生旅程的中途
奈何刚刚相识，转眼分手
我们相逢在人生饱满的时刻
来历分明，去向早已确定

你的眼中是否留下了我的影子？
明亮的眼睛，夏季的阳光
像云彩与云彩，浪花与浪花

我们原本是多么不同

我们相逢在人生饱满的时刻
既然相逢，为何不留一点空白
聚在一起，一定有特别的原因
不是缘分可以简单说明

我们相逢在人生饱满的时刻
分手之际，却有许多惆怅
从五湖四海到天涯海角
我们分手之后，似乎有了一点不同

此生是复活

下降的云线，擦着山顶
欲雨不雨，天空忽然起风
人在地面上走，貌似天街
顶着如花的夏季光

从机场回家，住宅上升
空腔子独对空窗
羌笛何须怨杨柳
静尘微动高楼
跳到嗓子眼的感动

又抑住。煮茶。
我的绿色是复活的绿色
与窗外略有不同
微苦。回甘。一世。
又何必分清？我走出去
在雨点下，就是世世
都到沸点

白云出岫图

变淡的肉体，在山川中行走
无关的身影，只剩几根线条
近处有巨石，苔点辅助几何
爬到松树上，射击远景的韵味

乱蓬蓬的高士发，爆炸地发声
衣纹之间带钉头，欲动未动
风的表现，在倾斜的竹枝
六月的表现，在荷花与石榴

我只觉得热。热。于是远山沦陷
白云出岫，一时还下不了雨
因为需要留空。那安慰我们的
是乌云，虽然只在画面的一侧
却是石头的意志，石几上
幽暗的茶杯的意志，芭蕉与葡萄
以及飞离湖面的鸟，受惊的
芦苇的意志，湖水的意志

代替我们痛苦的，是整幅画
隐瞒我们观点的，是一根线

有多少忏悔，叹息，在下笔的瞬间
你平日的好书法没了
你的修炼至此现出原形
那自如的人在上位……我知道，我知道
他们手帕背后的人性
是可以逆袭的，如果你是自来熟
以一种脆弱接近另一种脆弱
可他们在决议中说这是不允许的
因此夜晚的拜访就特别可爱
他们的人数众多，住所远近不一
必须有半年的时间提前工作……你能够
这样工作吗？把你喜爱的日常暂时搁下来
不，你才是空格的崇拜者、维护者
你的全部生活围绕一个沉默
你害怕这沉默变成喧嚣
而宁愿每月少一千元钱，沉沦下僚
妻女跟着你一起没有光彩，晚辈
打招呼时绕过你，笑容对着身旁的同事
你也不能伤害那不可说的……
大师，我知道你在这里头，我的有节奏的一
　　生

泉水奔涌的爱情，空格……触摸我
在我忘记自己名字的笔顺时

空格触摸了我

如果有些人必须牺牲掉
而你恰好属于这个行列
你又没有退路，不能够撒手不管
他们叫你参加　个过程，一些蒙面的评委投
　　票
你要用你做过的事情向他们哀怜
每填一个格子，都是庆幸，胆战，步步惊心
但空格才是火海，格子线是境界的天使

直到光进入

桑子

光在林子里留下了隐蔽的记号

直到光进入
植物才看到自己沾满花粉的大雌蕊

这测量天体的仪器
用最精密最广阔的一部分制造神秘

光与光在互相撞击
浓荫下雪白的脖颈

现在蜇人的金黄色蜜蜂正在忙碌
美丽的龙舌兰盛得下全世界的蜜

又幽暗又明亮

收割后的棉花堆在院子里
花萼挤进了星星
比夏天时更葱茏

没有谁比植物更能保守秘密
被带往未来的汁液
又幽暗又明亮
无数的星星掉落在屋顶上
握住那一刻，就能找到我们

那感觉自由极了
不用确定方向
就能去小镇每个地方

植物在小小的厨房
我们在植物的心脏
天气一晴好，我们就飞去意大利
穿梭在威尼斯狭窄的河道里

婚礼

太阳是上帝的一个烟蒂
它把天空烧出了一个洞

他们认识的时候
他半裸身子从一场战争中走出来
抛下斜斜的阴影

月亮在湖边洗澡
水雾把它的镜子模糊了
日落时分，世界是一片蛮荒之地

他认为"蛮荒"是个动词
难以压抑，需要开出火红的花来
在山峰和峡谷之间

十二月

雉鸡待在秘密的窝
比光着身子的杨树更警觉

四周是光芒四射的死亡

生者必须接受一场叛乱
来自双重的永恒：死和不死

纪念日

真是美好的一天
一生下来就被赋予

那该是夏夜，星星大而多
每一颗都在幽暗地燃烧

我们羞于睡眠
发现了死而复生的秘密

游泳

月下，我们光着身子去游泳
如抚弄一匹绸缎
晒得黝黑的鸟儿
代替了阳光下的蜜蜂

多么节制啊，日食般庄严
只有你裸露的肩膀
如砍伐完的森林
透露着某种危险

捕获时间的一次汹涌
夜行的动物都知道
天空的飞翔永远比不上内部的飞翔
亿万条钟舌在时间的内部滴答作响

蕨类

苍山上已经绝迹的动物啊
你们啃啮过的蕨类

正披着光芒的长袍
四处招摇

山中听鸟鸣

漂亮的蜀葵有细长的脖子
它们插在大地的湿润之处
直至萎谢凋零，从葡萄架到灌木丛
胡蜂们硕大的太阳帽被随手丢弃

太阳从一段颓败的土墙上出走
走向新鲜的旷野
像我们出生前的某一天
也像我们去世很久以后

年轻的花房盛着颤颤的蜜
它们赤裸的身体洁白无瑕
天牛在攀援

我们整日坐在旷野上
听鸟儿说话，它们叽叽喳说个不停
好像我们能听懂这世上最大的善意

绿松石的下午

强盗曾掳走黄金
王孙已死
忘掉他们，像忘掉厄运
他们常回来哭泣
这么多水，枯枝败叶漂在上面

树木一直在生长

一直与自己分离
茂密是一件凶猛的事
它滤掉了光和光的幻想
缝隙之间有王冠宝石的切割线
和一些诡计
它们的女人甜蜜而忧伤
从陡峭的叶片上走下来
被赐福的鞭子抽打

裸体者沉默不语
麻雀在两棵光滑的侧柏之间
被哺育

黎明

黎明是水落石出的结果
善变的蜥蜴不会告诉你
森林里的树木和地下的死亡都在生长

荒野正向四面八方展开
速度超过了任何移动的物体

太阳砍斫着我们
在身后留下发黑的印迹

黄昏割草

坏棉花在天空吐絮
黄昏飘过割草人的头顶
辽阔天空被割小了
太小了啊，世界只剩下一蓬乱草
太黑了啊，镰刀割到了手指

太锋利了啊
枯草又死了一次

危机

我看到了未藏好的凶器
鸦雀无声

密集的死亡和密不透风的惶恐
在初死的亮光中
每个人额头都有新异的听觉

猫头鹰惊悸　蛇生疑
四周皆是威胁
嘶嘶渗入血液的毒

武器已经交给了最危险的凶手

炮火

细小的叶子总是难以分辨
战栗来自
日光还是炮火

死亡如此尖锐
白光一闪
仿佛黄蜂蜇了花房的静谧

致命的疼痛

危机四伏的事情
就像一条鲇鱼
刚刚咬住了一条硕大肥美的蠕虫
却被一把锋利无比的钩子要了命

你的马匹银光闪闪
在浓雾中我们也不曾迷路
一群随时准备放弃自己生命的人
眼睛纯净得像是有毒

炮管上偶尔有鸟雀走动
红色的浆果正道听途说
山上有人锯木，叽叽咕咕那么动听
仿佛悲伤的鸟儿在夜里醒来
聊起致命的疼痛

上弦月下

一只野兔被追赶啮咬
大而圆的月亮为此向晦暗处鞠躬

长喙的大鸟
有好的睡眠
明亮的水果
富有光泽的羽毛
仿佛周遭都知道一样

那些时候
我们总是不会太在意一切的变化
好像世界就是想象出来的
想象中的松果
想象中的流云

想象中的别离
想象中的死亡与老去

月亮在最古老的弦上拨出
一个又一个新鲜的夜

恰如其分的灰

要当心光明与黑暗之间
那个叼着烟斗唉声叹气的人
他在大地褶皱处潮湿了眼睛
又在阴影里看清了事物本质

到处都是战斗的气息和不可限量的勇气
只少数人仍保留着暴风雨般可怕的固执
刺探着不明所以的春天

有一天，我们坐着火车
挨着金黄的山脉缓慢地行进
穿过落日
那是我们一生一次的流浪
我们小心翼翼剔净深海鱼身上的刺
佐以伏特加烈酒

烦心事总是有，春天正四处找寻
一个洁净、光线充足又色彩鲜亮的地方
安放伟大的智慧

目睹荒原上一场大雪
目睹大鸟迷路
目睹一条河流入一只空酒瓶
太阳饮尽这瓶酒就冉冉上升
那么广阔，那么孤单

我用贵州的伞，挡住了成都的太阳

严小妖

孤独

小妖在河边
洗孤独
白花花的孤独

很遥远的地方
也有一个姑娘
在河边洗孤独

她洗得比小妖认真
孤独也
比小妖的好看

醉太平

就快要醉了
你还没来
你再不来酒劲一过
我又会清醒
真是难为我了
不能太醉
不能太醒
我都想好了
只要你一出现
我就立马晕乎乎的
结账的事情你来
我提前结了也可以
我们会走到

105

一处路灯坏了的拐角
那里有一颗石子
会崴了我的脚
你扶着我
平时你并不敢扶我
我顺势朝你身上靠去
脸颊恰好贴上你的耳根

小妈妈

妈妈还是
离婚了
我没给她打电话
我一直不打
她肯定就会生气
气极了
她就会打过来骂我
狠狠骂
痛快骂
该不该骂的都骂
然后会哭
大声哭
然后又笑
又撒娇
我想这样她估计
会好受点

胎教

我有时看书
有时听音乐
有时也写几首诗

怕你觉得
刻意为之
有时我也
打打游戏

小猪入梦

2点35分，翻个身
我进入我的第二个梦
在梦里，陪着我
一坎一坎往下跳的
是一头有黑白斑点的小猪
终于，我们落在地球最后的
水平线上，再也没有
可往下跳的空间，小猪很累
一言不发，我也很累
坐在地上想着，是打个洞呢
还是沿着来时的路，往上爬

那就说借语感

本来是打算
花一下午的时间休息
（不看书，不思考，包括
不研究香蕉为什么弯和黄）
结果，在张羞的瀑布里
一下午都不出来，不对
也不是完全不出来，比如
中途睡着的几次，我都在远离
在尽量沿着两点之间
最短的距离往外跑
然后我给自己设定三个假设

第一，已跑出来
第二，在出来的路上
第三，其他
那么，这样表达是读瀑布的
惯性打破还是语感后遗症呢
张羞，你好讨厌
（这句听来有撒娇的语气
我决定把它删除）

我用贵州的伞，挡住了成都的太阳

"我用贵州的伞
挡住了成都的太阳"
始终觉得这句话可以入诗
并且放在末尾处才最佳
可很多天过去了
都没有更好的内容搭配
起风的时候我想过拿出来用
是一股邪风，怕吹跑了
下雨的时候我也想过拿出来用
是遮阳伞，又不喜挡雨
直到今天早上我才发现
当作为一个诗人的我，几天都
没有什么内容可写的时候
把它作为一首诗的开头
也不是不可以

讲故事谁不会

戈多村的村尾
有一座御龙桥
传说，这里有一条

会吃小孩哭声的大龙
每到夜里
村里的小孩一哭
大龙就会飞出去
把哭声吃干净
把夜晚吃得
没有一点多余的声音

来日方长

我为喜欢你这件事
列了一个庞大的计划
若你感觉到害怕
我决定先放一放

等一等

你穷尽所有词语
都是为了说爱我
你爱我吗
那么请你如我一样赤裸裸的躺着
请你认真温柔地抚摸我
假装在爱抚一只断了翅膀的天使
当你抚摸到眼睛的时候
请你轻轻地停下来
听听眼泪的声音
你有没有听到关于爱的悲伤
我就当你已经听到并且懂得
那么请你不用再往下摸
倘若真的爱我
这关于爱的表白
请你没日没夜地从头开始

预审笔记

青蓝格格

如此戏剧

他全副武装，
腰上捆着十斤炸药，
站在一座桥上。
他把桥，当成了，他生命的
最后一站。

他举着胳膊，
仿佛是在攀援，
又仿佛是在把生命当成一道
虚无的悬崖。
又仿佛是在天上，
演绎着——

坠落。

"我眼睛里看见的
全是露珠。"
"你是风吗？"
"我生命里除了
露珠，只剩下菊花的
妹妹？"
"你为什么总是忽略炸药？"
"我腰上捆的不是
炸药，而是
天涯。"

"你是一个懦夫！"
"你休想让我从这儿滚开。

我要救赎来自
四面八方的

苦。"

他为什么感觉到苦？
他为什么要这么决绝地为自己
挖出坟墓？

哦。这是我见过的
比流血——还要惊悚一个
灵魂的

戏剧。

演员是一个人。导演是一个人。
结局是

一个人。

……

影子

"相对于她的身体，
我更爱她的
影子。"
一个男人这样对我说的时候，
他用手指着
地面上的那个女人。
哦，不，确切地说，
他用手指着
地面上的，那个女人的身体的
影子。

报案的妇女告诉我：
倒在地上的是
她的妻子。
她的妻子患有严重的精神病。
这个男人一直
呵护他的妻子，
仿佛呵护每一颗星星和
月亮……

"是我杀死了我的妻子。"
"你以为你可以
不朽吗？"
"我杀死我的妻子，
其实，我只是想留下她的影子。"

"你是不是以为
你自己
飞进了梦中的小屋？"
"我来不及想。
我，越想越疼。我，越想越觉得
自己是渺小的

海螺——"

难道他也有壳？
难道他也不容易腐烂？
难道他也像我一样，内心细腻——
外表斑驳？

有时候，我活得，只剩下——

影子——

凋零的闺房

他是拿着一柄尖刀
来自首的。
他说他自己刚才杀死了一个人。

他这么激昂地
把自己的
犯罪行为
完全裸露出来。
我觉得可以称他为真正的男子汉。

"你为什么要杀人？"
"只有刀和血
才能证明我的
锋利。"
"锋利与灵魂挨得很近吗？"
"我哪有什么
灵魂！
哦，天呢！
我甚至连体温都没有！"

"你为什么非要用尖刀
证明自己的
锋利？"

我看到他的嘴
张开又合上……
我不能继续讯问下去了。

我必须暂时收起
内心的疑问。
因为我看到他，痛苦而绝望的
表情了……

他的表情打动了我。

我用叮咛的，
接近于温柔的语气
对他说："你休息一会儿吧。"

"天黑了。一会儿
天就会亮了。"
"天亮的时候，我会叫醒你。"

他在我面前闭上
眼睛。
他深邃的
胸脯，
一起一伏……
仿佛某个少女，封闭而凋零的

闺房。

我起身，拿起他
放在
桌子上的
尖刀。
尖刀上，没有一丝一毫的

血迹。

这一切，莫非
都是我产生的一种迷离的错觉？
莫非，我把自己
当成了

红色？

慈悲的诗行

我一见到他就联想到
野花颓败的样子。
事实上，
他的长相非常帅气。
他的眼睛大得可以
塞满一个天涯和一个归期。
他的额头可以明亮如一片宁静的
湖泊。

但我不得不将他的躯体
与他的
灵魂分开。——
他的灵魂是披头散发而千疮
百孔的。

他亲手杀死了
他的姐姐。
那是一个柔弱的女人。
那是一个把他抚养大，
像他妈妈一样的女人。
那是一个比他大二十岁的女人。

那是一个
爱哭的——
女人。

那个女人
直到死，
也没有预测出她为死亡
带来的结局。

她的结局是他的——
弟弟。

他姐姐的哭声挽救不了他。
他的躯体挽救不了他。
我慈悲的诗行
挽救不了他。

当他的双手
被手铐铐住的时候，
他喊出的唯一的
一句话是："我长着千疮百孔的
躯体。"

他反复重复的这句话，
挽救了我的诗。

因为他和他的
喊声，
我慈悲的诗行，变得活灵活现。——
甚至，吐着

雪——

当然，雪，一定是雪花的雪。
而不是鲜血的

血。

残忍的空

一个十二岁女孩的眼睛
陷入了
一片血泊之中。
血泊中躺着她已经咽下
最后一口气的
妈妈。

我不想把这个场面描述得
这么残忍，
但事实就是这样的，我们谁又能与
事实
抗衡呢？

女孩的目光
呆滞。
她的眼睛仿佛被什么分裂成几瓣。
她在想什么呢？
莫非她是在想她的
妈妈，会不会突然温柔地
醒来？

女孩已经没有
眼泪了。
她把她的眼泪藏在哪了呢？
我站在她身边，
目光也是
呆滞的。
我呆滞的眼神，
不暖也不冷。仿佛一株夏日里
斜卧的

垂柳——

某一瞬，我抱紧了女孩。
在她面前，我太脆弱了。
我已经是这个颠倒的世界的变形体。
我已经是空的了。

此刻，我的手中
没有风筝。
但我听见一个人对我说："天空是
比你更空的
空。"

比我更空的空
在心灵之外——
比我更空的空
在天上——

此刻，比我更空的空覆盖了
这个世界
所有的

空……

此刻，若我手中，有一根，风筝线……

那将多么完美啊！

一首凤凰涅槃的诗

相对于肉身小小的死亡，
这一捆捆被焚毁的
钱币，
显得分量太轻了。
但对于它们的主人来说，
这一捆捆钱币为他们建起了一座
纪念碑。

这些钱币是两个男人
抢劫而来的。
他们因为分赃不均，
其中一个男人，
就放了一把火，焚毁了这些钱币。

放火很容易。
就像抢劫很容易一样。

但这，绝不是诠释生命的
真理。

它们，应该更接近于
腐朽或者
罪恶。

钱币，是不是
一种，像蝴蝶那样翩跹的事物？
它们，会不会因为
某些灵魂的向下漂移而
消失？

——为了证明我还没有消失，
我用身体向两个男人
靠近了一些。

我的本意是想为
这两个男人
讲一个故事……
我想告诉他们，他们的行为并不是
凤凰涅槃——

这两个男人，也做不成

狼和狈。——

因为，凤凰涅槃，是生命中一个
血淋淋的

真理。

很多事物我们依然一无所知

窗户

一个人在旅馆看《人鬼情未了》

插播广告时我把这个题目写在纸上
因为我想写一首在旅馆的诗
里面有情节，有灯光、来回走动的影子

但接着播放时我放弃了
虽然这故事不止看过四遍
我还是忍不住再看一遍
因为里面有情节、灯光、来回走动的影子

乡下的早晨

公鸡的叫鸣把我从梦中惊醒
父亲刚好起床
黑暗中我听见楼下的
脚步声，和门打开的声音
像小时候

听着身边熟睡的小之
的呼吸
我窝在温暖的被窝里。这一刻
我也是儿子
我赖在床上

不必像在城里那样

早早起床：烧开水，弄早餐，收拾房间
如此刻的父亲——
他就是将来的我。这个早晨，
也会是小之将来的早晨

晚冬

雨啪嗒啪嗒下着
带来远山、松林和迷雾

我们坐在餐桌旁
默默包着饺子

厨房的水烧开了
发出扑哧扑哧的声音

秋日

没有一只老虎是我的
它们坐在黄昏的天空里
它们不说话
落日在颤抖
群山在呼啸

但没有一只老虎是我的
我坐在它们中间
企图拥有它们一样的力量
毁灭的力量
无视一切的力量

但没有一只老虎是我的
它们在落日后

返回森林
我眼睁睁看着它们一只只离去
永不回来

十二月

多雨的月份
时间仿佛停止了
早晨如同黄昏
下午如同上午
每天，活在雨水中
雨便是全部
雨落到梦里，梦里我
找不到雨伞
不认识任何人
他们也不认识我
雨落到地上
汇入江河滚滚而去
走过江边，我也是
一滴雨，混在人群里
混在雨中
每天遇见的
可能还是这些人，这些雨
我们不知
草叶开始在雨中
腐烂。

小木头

那是个安静的小城
那里只有黄昏和夜晚
那里只住着一个人

我叫她小木头
她偶尔经过教堂
会把薄雾披在肩上
多半时间坐在一把椅子上
与月光相伴
这把椅子没人能够移开
就像谁也不能取走孤独的芬芳
而我不知道那芬芳
是来自椅子、月光，还是她

穿越梦境

为了偿还
他一次次突破封锁线
穿越地雷阵、沼泽地，还有浓雾……
来看你

你不认识
人群中那个对你微笑的少年
手捧鲜花的少年
你以为是邻家的孩子

你不知道把一个人
留在过去的时光里的残酷——
硝烟已远去，他还在战斗，在黑暗中

寻找

很多人在找我，打探我消息
而我坐在他们中间
我不会隐身术，也不会使魔法

只默默坐在他们中间
他们，凌驾于影子和声音之上
我正好相反——

影子和沉默覆盖着我
很多年了，我坐在他们中间
不知要找寻什么

赞美诗

夕阳西下，暮色中的山峦
起伏有致。像一条河流，分开天和地

山川漆黑，天空明亮
如是非，黑白分明

驱车在路上，我仿佛被这短暂而永恒的空阔
深深爱着

妹妹

你帮妈妈种蘑菇
六点给七岁的弟弟做早饭
七点送他上学

你在远离城市的山谷
有时把播放器声音调到最大
那时满山回荡着优美的歌声

你洗衣服的时候
偶尔会呆呆看天空
洁白的云像一个个蘑菇

你十八岁。从不说
未来和梦。现在的样子
仿佛就是你全部

除了家人，你唯一的朋友
就是跟着你飞跑的小狗
它老喜欢咬你的小碎花裙

玫瑰

醒来
玫瑰还在花瓶中开着
以枯萎的姿势开着
时光在梦中
抽去水分和颜色
你也淡忘了
收到时的快乐
很多早晨、光线、事物
填充我们
我们来不及悲伤
也不必悲伤——
最初的愿望
因不断拉长的距离
像消隐的晨星
使人唏嘘，而直抵永恒

三十岁后

在旅馆或家里洗澡
必有另一个人，在旅馆或家里洗澡
水从龙头哗哗冲下来

冲在我身上，也冲在他身上
我转身，他也转身
我满头泡沫时，他也满头泡沫
我哼完一段小曲，他接着
哼下一段
他在想，这世上
有没有人，与他一样悲伤
我悲伤地闭着眼睛
站在水中
甚至在几分钟后
他用手擦去镜子上的水雾
我正透过他擦去水雾的镜子
看到他
我们同时感到吃惊
同样的黑眼睛
肩膀上同样有一些没擦干的水珠子

很多事物我们依然一无所知

陪老爷子在院子里聊天
成了每次周末回乡下，晚餐后的习惯
月亮升起来了
满天的星星在头顶闪烁
今夜，老爷子讲着三叔家的家事
我一边听，一边被西边的
　颗星星吸引
它一会亮，一会暗
亮起来，超过了所有星星
暗下去，似藏隐在幕后
像有人，在慢慢地拧灭它，又慢慢地拧亮它

致寒潮中死去的人们

瑠歌

致寒潮中死去的人们

潮湿的风扑在脸上
树还是光秃秃的
慢跑的人朝天边望去
一抹粉红
几艘帆船浮在海面

冬日里最温暖的一天
梦里下起灰色的雨

小镇

芝士在厨子阴郁的注视下
融化在肉饼上

七十岁的女招待
拖着双腿
端上薯条炸鱼
谢谢
一位常客说
晚上别喝太多了
崔西

日光照着
门口的苍鹰

和红袜队球杆
这里的人们
不错过一场比赛
并热爱美国

狐狸的眼泪

村里的孩子
抓着狐狸的尾巴
农民说
好样的，小子
赏给他一分钱硬币

夜深了
农夫拿着猎枪走出大门
稻草间的狐狸
一生第一次见到枪眼
流出了眼泪

狐狸一生犯下许多罪孽
死后
它的尾巴化作
女人的围巾

美人

北方
随处可见的
家常菜馆
点一份猪肉白菜馅儿
饺子

出门透气
干枯的落叶
打在石灰上

一旁的量贩式KTV
高挑
踩着塑料水晶高跟
不屑的
东北姑娘

亚特兰大

几个忧虑的白色面孔
四散在日光灯下的车厢

雨在玻璃上的划痕
一名年轻黑人的舞步
颤抖

江湖

今晨
听闻金庸的死讯
我躺在
朋友家沙发
昨夜聚会的余温
烧酒及生蚝
前几口
看张北海网上发文
年纪大了
已不拘泥发明招式
花拳绣腿

我自己写武侠
对于功夫
也是一窍不通
一方面
它可能确是
无病呻吟
另一方面
我等也不像
查先生
通读古籍
又心怀纯真
想起昨夜谈吐
我们每人心中
有一个意淫的江湖

记不清
后来说了什么
像往常
吃了晚饭
我只记得
那时
很想推着你
去对面的公园
突然想起
我说过
希望你少吃一些安眠药
临走前
我还说过
圣诞节回来看你

惜别

凌晨三点半
冬令时的美国
我知道那一刻来了
翻出了这张
照片
那时的你
已经很累了
大家一起
抬着你和椅子
面朝窗外
也许风景
心情更好
我跟爸爸说
湖边的那个红白色篷子
是他带着
儿时坐过的
第一辆过山车

轮回

我们那儿的农民
管这叫玉米糊糊
干完活儿后
蹲在地上
滚烫一大碗
五十多岁
多患食道癌
不出数月
病死于省会医院
黄土高原上
数代人
的宿命
年幼的手臂
被玉米棒子的叶片划出血道
在太阳下
毒烤
于是一生发誓把它熬烂

咽下胃里

在糖浆里溶化

馄饨

老李的葬礼
到场的名流
与子女
互递名片
妻子
独自抽泣

散场
我伪装成一名圣人
跪在棺材前

老李问
朋友是否出席
孩子们哭没
老婆身体甚好

我诚恐
一切都好

说完
他放心回到
阎王那儿
吃馄饨去了

青春

酸又苦
的柠檬

都会梦

她看着金光闪烁的玻璃
哭泣
"如果得不到
新的香奈儿"
我将
这样死去

追火车

他撒腿就跑
农民居然在杂草间
围起一片菜地
他脚踩泥泞
翻越
田野
碎石子
和稻草人
在轰鸣中
绿色的钢铁带着
漆黑的齿轮
他用尽全力
车窗间
露出旅人的挎包
和推着盒饭
走过的制服
坚持了数十秒
余阳间
只剩稻草

那是离孤独与自由
最近的距离

代表太阳，月亮
热气球降落在
一处农场
墨西哥的羊又黑又瘦
兴奋孩子们见到
不同肤色的游客
吵着与他们合影

圣塔莫妮卡

字母放射出迷人的绿光
喝完这杯再上路
司机卖掉了卡车
迷失在沙漠中

公路的尽头
四季如春

日落了
女孩们开着敞篷车
驶过地平线
椰子树跳起舞蹈

昨夜的可乐洒在
白沙滩上的躺椅

这首歌
随着迪斯科落幕
明天上演
剩下的故事

墨西哥城

从一千米高空俯视
玛雅人献给上帝的
两个金字塔

秋天到底怎么了

横行胭脂

早春读布罗茨基及诸人诸书而述作

写一首诗，献给正确的天空和脊椎骨，
献给脊椎骨中已消亡的怨气。
尽管我还眷念旧日旅行中建筑物的螺旋纹、涡状纹和叶饰纹，
而如今归来我已找到床铺和恋人。

我读书，越来越着迷那些欲置人于死地的词语，
我爱上你，只因你的征途是我喜欢的星辰与大海。
你就像那两个人：波尼布斯和帕芒蒂埃
发明了芥末和土豆，并使之赫赫有名；
你发明了星辰与大海，并使之赫赫有名。

长安是有解药的。也有药理学，有医生，有早春。
我从前写过秦岭，今日重新回到一座山峦眺望：

一棵陌生的树长在北方；
一棵新生的树成为椋鸟的天地。

河流的琴弦有了出口，花瓣课的张力令我难忘。
一千尺阳光下，麋鹿的眼泪找到花朵的语系：
"没有一滴是重的，我敢保证，没有一滴是苦的。"
摆脱重力的悲伤，抑或，我曾经过于痴迷重力学，
春天的矫正课来得很及时。谢谢你。

佩索阿几乎没有过爱情。卡瓦菲斯有过同性恋经历。他们都是大师。
即使没有爱情那幽暗的语气，也没什么。何况我有。
何况我额头有星群，骨骼在大海里航行，
何况我嘴唇、唇齿、舌尖、舌根、声带滑过春风……

"重力的苦闷"不过是一种性格苦闷，性格迷局。
花瓣本不属于重力，她属于飞翔，属于蓝色的空气，
属于积极学问或学问里的积极属性，
属于温度，热烈的耳垂摩擦着电话的磁音，
属于嘴唇区间，一封温柔的来信，
属于额头小星密集，
属于脸部仰起，便有多情的春雨袭来。

认真写一首诗多难啊，经过太多寻找的迷途，
经过一条未央街，又经过一条未央街，
从A到Z，但不会从Z再回到A。
"冬天的25个星期结束了……"
旧房子在春天里已有了新的住户，
新的主人，两个刚大学毕业来这个城市找工作的女生，
颇费心思地改造了旧房子。
"早上醒来，摸摸耳垂，耳环还在，你手的温度也还在。"
我来到了星期二。星期一结束了。

是啊，也许生命另有繁花和密途，
平凡的深夜，果真有漫天星光垂向我。
"这里的星辰很美。当然，也有大海。"
天空中，群鸟列队，向东，折而向南，

从虚空踏向岩石，一颗孤往之心获得了安慰。

北方的航海者

不靠近海，甚至不靠近一条河流
有个老人在北方的荒野开了一家造船厂
三间石棉瓦屋，就是厂址
他带领工人们起劲地干活
抛光木头，加固卯榫，给船上清漆
一板一眼，每年造一艘船
他造的船没有出售过
也没有下过湖泊和大海
他造的船是一群孤独之船
没有去过乌云垂落的海港
没有和蚁族般的船只并身停泊在海港
这些没有见过世面的船
没有装载过渔网和打鱼的人
也没有运送过眷侣与孤客
甚至老人和他的工人也从不坐进船里歇憩
经年累月，船里装满了沙尘
可这一带的人都很敬重这位老人
说他是一位成功的航海者

投宿记

沿着一条积雪的道路走出很远
远望群山，连绵不绝耸入天际，令你莫名的感动
乌发，白发，青春与固执的流逝
我们握手，又松开
在这里，在北方，更多的岁月里
我们损失过爱，损失过爱人
就像泾水散漫地拐向北边

而渭水依然滔滔东流

现在，你一个人走了很远

脚步声嵌入了雪中

一只鸟在雪树上为你唱歌（也许不是为你）

"它是为它自己的时间和岁月"

你这样想着

在一节长着松茸的木头上坐下来

"也许不是松茸，只是一种菇而已"

一轮落日让雪野发出炫目的光

鸟群飞过来，盘旋在你四周

鸟的大翅膀抖下雪粒

"当年那个——十八岁出门远行的人——再也没有回来过"

夜的平面越升越高，落日的锦绣已经收起

太阳会在前面那一道缓坡上死去

不知道今夜，你会在哪一家失眠旅馆

找到一间门牌为"208"的房间

站在门后，等一个人来敲门

北方平原上的爱情

你说我们重新开始吧

我们重新开始吧

我也想在北方的大平原上在父亲的家重新开始

落日下山之前，吉辉穿透整个平原

电线合唱团连接着一个村庄又一个村庄

平原空中的部分，还包括一棵白杨树枝干上托举的一枚鸟巢

是一棵白杨树，不是一群。是一枚鸟巢，不是一群

是少，不是多。这是父亲家不远处的景象

这是二月。落日的黄金让一丛水洼身披袈裟

去南方过冬的鸟群还没有返归，这没有关系

旷野还寻不见春意，显得空寂，没有关系

你说我们重新开始吧

我们重新开始吧

北方的平原冰雪初解，北方的星辰即将布满天空

夜来了。我地面的矮屋子，我的窗棂，月光的珍珠，足足一百颗

这样描述，你也知道我是个诚实的诗人——我不说一千颗

平原上的夜莺比我擅长抒情，并且它们知晓夜里村子里的情事

我也想赶走去年鸟声里的沙子和锈

我也想在你的膝上过夜

让不容易的人同在五点钟醒来

形成时间上的依赖关系

我也想说我们重新开始吧

我们重新开始吧

你也想在北方的大平原上在父亲的家重新开始，是吗?

"而爱情消失在体内，一切已寂然无声……"

"而爱情消失在体内，一切已寂然无声……"

十月

卡门常在改革大街上对我说

"这里永远是十月。空气很轻"

——帕斯《太阳石》

其实十月就是一个月份而已

十月在长安大地也就是一个月份而已

渭水在十月涨起来，是为了等十一月结冰

很抱歉，长安没有永远的十月

第三十一天的月亮落下去之后

再升起来的那一枚，已换了身份

而我每年会留恋十月的空气

那轻的，那古老性的空气

那适合嫁娶的空气

那柔韧的、闪着光的物质

是存在的，是存在的!

遗憾的是我找不到一个容器

来表现它。本来语言可作为容器

而我又拙于言

在十月，拙于抒情简直就是犯罪

我只能等待下一年十月返回来赎罪

改革大街上有永远的十月
而长安没有。
但我在长安十月之后的其余月份
心里会轻轻地滑过一句诗
"这里永远是十月。空气很轻"

秋天到底怎么了

秋天到底怎么了
落叶的哨子声破碎
一层雾刚渐消散，一层雾又封锁了丛林
去年十月我写下那只野鹿
它披着晨曦与夕阳的余晖
现在它已是一只相当不错的猎物
相当不错，毛皮华丽，鹿角像相思病
秋天到底怎么了
教堂的尖顶落满了鸽子
而一阵风，鸽群四散
城市里布满钝重的声响
那"大理石的一刻钟"，我与你相守的一刻钟
已从表盘上脱落
秋天到底怎么了
厌倦了，是的，厌倦了波面上的蓝
游泳馆里的人们纷纷憋足了气
要去寻找离死亡两公分的蓝
秋天到底怎么了
"血液，血液——在做抵抗，涌向……"
孤独绕着庭院的合欢树和道旁的枞树
遇见高大的枞树即下车
"曾经有一个诚挚的夜晚
留在我心中
我在枞树下是刻了记号的……"
秋天到底怎么了
墙上的那面镜子，背面的铜不知在哪一天跌落了

它变成了玻璃
你的容貌消失了

郊野令

并非由于城市的地图上耸立着利刃和刀片
我才写到郊野。而是因为郊野本身，是长安主题的一部分
郊野和城市互为兄弟。长安之郊，断崖草木，遥拥峥嵘
树木百年，成精。长安百年，人皆须发染霜
庄子说：上如标枝，民如野鹿
意即君王有如高处的树枝，人民有如自在的野鹿
庄子的郊野之意浓烈而理想
而实际是，很多时代民如隶。就连杜甫还算不得当时代的草根
都客死于西南之旅，不知魂魄可曾回到长安
郊野大象，苍辽无际，以北是深刻的麦田
麦田上空，乌鸦确立了它们的位置——
"我站在我的位置上，一生不曾诋毁你"
"而我所有的热爱，都是为了改变艰苦的命运"
"而我有过的人格分裂，在异乡得到了宽恕"
……大地的镜子透视着时间的界面
我不写出来的那部分，已经被无名者珍藏

明月下的银杏树与明月

我又要写到那棵树，去年秋天你指给我看的那棵树
在月光下摇曳着黄金的疾雨，旋转着一个梦幻的故乡
我又要写到那轮明月，去年秋天某个夜晚的那轮明月
在北方的平原上，月亮的火焰甚至让我心酸

我想起去年秋天，语言末梢旋转的银杏树
想起对称的孤独和内心的爆破音
也想起去年秋天，语言末梢静立的明月

我想起我曾这样给你写信：
"光线透过了城市，透过了我胸腔里的情意……"

我又要写明月缓慢地升起，写受月亮的光辉召唤过去的一整座大海
写心脏的出走，大海的七个方向
我还要写坐在梯子上与月亮比邻，伸出手，满手月光

我想起了被时间的锯齿划伤的锐角，银杏树金黄的悼词覆盖原野的诗行
想起一个在原野上吹哨子的人，拍打银杏树的人
用尽可能的力气呼喊词语的人

我要写去年秋天之后，银杏树的张力还在我心中
而偎依在我怀里的一轮明月渐生凉意
我还要写一个奔月的人，独自去摸索月亮里那一部分秘密的生活……

我想起了你想榨取另一种月夜的咖啡之香
我想起了你提到的粗陋的石磨，泪水分解的淡水和盐……
那已经是你另外的部分，将我排斥在外的部分
你始终没有提到银杏树、奔月者，这关乎我的部分

阳光洒在铁炉镇

年复一年，阳光洒在铁炉镇
给铁炉中学看大门的妇女年复一年编织着手头的草帽
箩筐里装满了废弃的麦秸
镇子里的那个疯女人走出去了再没有回来
她的家人懒得发布寻人启事
对这样一个人走了也不惦念
回来也不觉多余
去年的一起刑事案还没侦破
被害的老太太墓碑前已生满荒草
据说家里只丢失了一个装有二十元人民币的钱包
小财夺命，谁也想不通其中过节
麦子在田野积极向上

等着与进城务工的各家主人六月重逢
等着主人开着收割机来盛大迎娶
女贞子树在时常空寂的街道不厌其烦地开花
簌簌地落籽
机动车开过，街上尘土飞扬
尘土飞进了街边棚架支撑的饸饹店
吃饸饹的农民管不了那么多
只要有油泼辣子和蒜，就能调动热烈的肠胃
他们从来不因尘事而影响饭量
没有一只鸡辜负饲养
没有一条狗吃着闲饭
没有一片黄土不收留人
在这里，一个村庄最盛大的节日不是春节
而是谁家死了老人
全村的老老少少都集中在这家
吃着丧宴
在悬挂的白色布幔下
一支哀乐久久徘徊、弥漫、渗透
有很多人因此流下了真挚的眼泪

过风岭观落日

我很少凝望朝阳，但无数次凝望落日
有时候落日让我不知道怎么活

在蓝田金山过风岭
又一轮落日惊涛拍岸卷起我心千堆雪
我目睹它在狭窄的宇宙间死去
又在我孤寂的心间
一个词语一个词语宽阔地活回来

过风岭的风有多大，我不在意
原野上长多少种千年之草木，我不在意
我只在意过风岭仅以秦岭的一小段身份

也能培育出如此壮美的落日

每一轮落日最终都皈依了地平线
仿佛在讲述爱情
万千缕霞光扑入混沌苍莽
将不可救药的美埋伏在了我的心间

长安城

一座城市秋雨裹身
另一座城市是什么样子呢
关中平原，五谷喊冷
长安城瑟缩
另一座城市眉头明朗吗
秋雨站在地上
钟声传出节令
空气里划过清辅音和辅音
另一座城市用的是元音吗
一座城市坐在教堂里打瞌睡
另一座城市呢
一座城市由于饥饿感
浑身朝向渴望的盐粒
另一座城市刚刚吃完早餐
扔掉餐巾纸
一座城市继续它踉跄、悲伤的表达
它始终苦于
星辰无法站到地面

秋夜，秋雨

豪雨之秋，百花出嫁
关中平原，巨大的雨声

玉米在夜市摊上脱下外衣
成为裸身的商品

这里是长安
是长安不眠的夜
是长恨歌
是江山对美人的胜利

没有人抚摸我，从肌肤到灵魂
我已经成为内心的流亡者
生活啊，总是前一分钟用草木歌唱
后一分钟用斧锯对立
岁月和心意已将我逼至此处，无路可逃
——再敏感一厘米我就破碎

百花不再回来，雨滴汇成流水
我祈愿今夜的流水，关闭昨日尘埃的墓门
我祈愿今夜的流水，印映明日落日的翅膀

银杏树

我的大地感如此糟糕
在春天，叫不出众多花树的名称使我神经疼
为此我觉得冬天的结束是遗憾的
冬天，那些银杏树披着寒冷的月光
我记得我拍打银杏树，并抚摸掉下来的白雪
从一棵树到另一棵，再到另一棵
我几乎奔跑完一座原野
满手冰凉的燃烧，诚如"彗星那搏动的玫瑰"
真是愧疚——我时常对寂寞的事物情有独钟
迷恋窄小的光阴
喜欢压紧声带，赞美狭隘性：
　"那宽阔的不能给予的，
那狭隘的成全了。"

狭隘的冬日，银杏树在时间的坠落中上升
银杏树的颧骨、白雪与银色的月光
⋯⋯我的视线充满了金石味

（注："彗星那搏动的玫瑰"是谢默斯·希尼的句子。）

纸的形状

蒋志武

爱惜自己的羽毛

当灰烬之鸟落在你的手上
它与时间长久搏斗的双爪已失去力气
我们要小心翼翼挽扶它
并为它的羽毛涂上一层更厚实的颜料
尝试修补它飞翔的裂缝
不再虚构天空

我的羽毛已藏在面庞之中
它在人世的过多安慰和解释中被慢慢擦亮
在时间的隧道中飞行，爬满了斧柄
当活着就是从身体中分割出另一个自己
百万粒哭泣的细胞将成熟

这个世界，我们贪睡于物的表面
不可复活的面具，成为唯一的幽灵
无论在哪里，那些美好的、感动人心的事物
都值得我们去多看几眼，自己的羽毛
就应该沿着锋芒的内心贴地飞行
毕竟，通往死亡的路是漫长的
需要你走到死亡的对岸去

只巨大的蝴蝶

我们在时间面前各自说谎
说自己的手臂可以举起活着的红旗
说一只蝴蝶那瘫痪的空手碰撞着

金属般的花粉，让我们在夏天的高楼上入睡

时间之光，已使我的面容更加真实
一只巨大的蝴蝶，在迎春花的骨粉中
它纯洁的血已涌出，深绿色的触须和褐色的
　　翅膀
在绿叶上摇晃，如果我们的恐惧像雾一样薄
那阳光垂下来的脖子会顺从于死亡

这个季节，你赢于体内的五谷之气
却输于一场虚无的伪辩
时间这个孩子，往往把最美好的东西捅破
让一只巨大的蝴蝶没有越过青苔覆盖的山坡
是的，巨大永远跟随于时间，蝴蝶也永远跟
　　随于
她软弱的、神圣的骨头

春天的玻璃

越擦越干净的是人心
春天的玻璃不需要过多的清洗
它们已在冬天的寒冷中
练就了不死之身，透过玻璃
我反复观察一只鸟的眼睛
它那天空的眼睛，瞳孔放大到了极限

在春天，在一块玻璃板上
俯瞰脚下的空洞和凌厉的山峰
那些肆意向上生长的树木、石头
以及一些不安的虫草
它们相信阶梯，也相信自己

在一块破碎的玻璃旁边
春天和我都显得黯淡无光

它们勇敢无畏地摔碎自己
最后，让死亡抱紧了更为锋利的刀口

傍晚的语言

时间越清醒，就越能判断我们的孤独
在傍晚的时刻，水酝酿破碎
语言构建的语境划分出噪音和膨胀物
近况不明的人背后仍有大片的寂静
谁站在角落，谁就会有被怀疑的危险

在傍晚，孩子的天真
会带领我去一个玩具店检验一朵花的真诚
而准备晚餐的人，正搜索人间的食物
这时候的大海冷冷地，翻滚着它粗壮的背脊
如果有人死去，那正好是哭泣的分钟

苦难仍然健在，病人缓行
蝴蝶，或者更小的蜜蜂，它们锤炼骨骼
我没有花园供它们练习飞翔术
傍晚，一些在墨盒中回旋的虾蟹
让一个诗人的语言带有眩晕的色彩
是的，是时间带给我们庞大的空虚
是逐渐膨胀的物体放逐了抒情

墙壁

越过了墙，意味着突破了某个界线
我的痛、哭声、呐喊，我的魂魄
以及其他一切的声音必须在墙内假死
这些年，世界上林立的墙壁
仍是我无法解析的事物之一

仰望，透过格栅的天空，墙壁
虚无不是缺点，而墙外的视线
当一缕光束降下来的时候
墙壁，潜在的暗道，让我选择站在更接近
路的那一边

打开墙上的窗子，苹果的碎片
生者转身拐入他们的墙里，消亡的尾焰
我叙述的历史人物从以卵击石开始
明天，我将带领一队蚂蚁从城市的围墙上走
　　过
那里开出的每一个小玻璃窗子
都穿有厚实的不锈钢外衣

晨光射过窗棂

诱人的时刻，晨光射过窗棂
绿蛇吐出信子
一片终结者的时光停留在对面河床的沙石上
黑夜抵达绝境
在夜间我们解散的部分被再次拼凑
继续匍匐于命运的原乡

光，对于表面的认知总强于人类
门后的鹰羽被灰尘覆盖，光直射它们
但光并没有解释内幕
因此，一只鹰，当灵光再现
飞回旧巢比飞翔天空更快活和自由

晨光，窗棂，两个具体的事物
一个虚晃，一个真实
我需要虚晃来蒙蔽看世界的眼睛
我需要真实来安慰看世界的心境

当晨光射过窗棂，我和世界重新相爱
来历不明的爪子将我置放于巨大的鸣响之中

下雪的时候

下雪的时候，时间变得很冷
我会剥开城市里昨夜覆盖的一层冰
事物总在对立的两极得到解决
那个在雪地里挖洞的人，学会了如何处理
过剩的激情

雪覆盖山丘的时候，我喜欢领着
一个腿脚灵活的小孩
在雪地上奔跑，他会带着你跑向更远的地方
可以在那里堆一个雪人，装两个眼睛
帮你眺望下一场雪来的时辰

雪花飞舞，飘啊飘
那满天的白色，将所有人搁在同一种生活中
我会用心倾听那些在下雪天弯腰的声音
他们不是在埋下春天的种子
就是在提防湿滑的路面会给他
造成何种威胁

前方的云朵

前方云朵静止，在高空
它精致得不可触摸
小时候，我害怕天上的云不经意会掉下来
砸到我的头顶
后来发现云都化成了雨
山上，屋顶，到处都是它们的领地

在南方，高耸的建筑物直插云霄
此刻的云朵会结团，它们抱着
或被建筑的顶尖刺破，又被飞机的轰鸣声驱
　　赶
飘浮的命运，会比沉入大地的泥土更高远
　　吗？
是的，高空给我想象的地狱
前方的云，变成了鸟团

雨，落下来，打在街道上
它们从裂缝或斜坡中流向了远方
曾经高高在上，现在却在低处小心翼翼地撤
　　退
至少，我这个在异乡被雨水淋透的人
不是你们的好归宿，我的衣服吸水
我的命也吸水

春天，恰似一只小鸟

当我的躯体在春天的幕布上
作为新鲜的圣台
所有的声音就开始慢慢迁徙
风呼啸，它宽大的脊背与更远的北方汇合
而时间总在恰当的时候送来青铜和鼓皮

春天在一朵花的呻吟中就来了
这些新嫩的水草，过早到来的劫数
让我忧心忡忡，十亿枚青果挂在树上
它们将在合适的时候旋转，离开枝头
在春天，我想要的恰似一只小鸟
在屋顶深沉地鸣响，而猎人击不中它

纸的形状

圆形水杯，让水有了圆的形状
我曾每天在窗前俯视楼下的白玉兰
心生爱念，诱人的时间啊
让每一种事物都有了生长和死亡的欲望
我的原罪，仍需要一座挺拔的山峰
需要一些茂盛的叶子来衬托

觉醒的怒火，是不解之谜
眼前，穿梭的尘埃已经爱上这个残缺的世界
男人们在迅速衰老，他们精心隐藏的墙壁
以及折叠的纸张，空白的心
都在寻找证据，假设被弹奏
就会重现激情

而我的心在时间的饲养中逐渐强大和无畏
但我不是告密者，摘取的钻石
就快在黑暗中消失它的光芒
那些曾经掂量我的人，请收起尺子
请在终点为我敲响钟声，毕竟在很久之前
我就放弃了歌吟

抱着萝卜哭的人

张猫

在白鱼口

一个人在白鱼口，夜夜做梦
梦见许多白色的枕头
堆放在一起，像河滩上的石头

梦里也会有阁楼
旋转楼梯吱嘎作响
楼上有人刚刚弹完，新谱的曲子
青瓦，白墙，梅花一树

有人谈论松柏的长短
有人辨析香樟的年轮
流亡壮士和暴毙旅人拥抱寒暄
柴米油盐不足为虑

爱是往生，都拿走吧
香烟和低语
阁楼响彻杯盏的欢音
我知道，有一个音符是为我预留

然
总有一只鸟
在黎明啄破梦境，将我衔回

平凡的生活

最平凡的生活
无非是我望着你，你望着碗

气味，陷进一颗白菜
我们共同挑选的
皆住着一只虫
而菜贩子
偏不管这闲事

质数

有一天
孩子问我
最喜欢的数字是什么
我说3
他告诉我他的是7
然后
　若有所思地说
妈妈　我们都是质数
只能被自己除尽
突然　我意识到了
孤独的另一面

抱着萝卜哭的人

世界上，抱着一匹毛驴哭的人
是尼采。抱着萝卜哭的人
我还没有见过
那个人，是不是一直
掩藏在众人的队列中
是不是也时时在
忍受着孤独

豢养

我用水养绿萝和石头
绿萝往高处长，朝四周蔓延
那不透明的绿告诉我
自由的、初始的、有序的事物
总是向上，摸不出形状
而这些石头，却拼命
往小里长，朝卑微里长
它们静静地，躺在我的跟前
似乎早已经忘记
自己的故乡

荔枝

早熟的荔枝刚上市
齐菁的红，错落的绿
藏在，卖水果的人指间
荔枝离开树枝
红色的外皮就会变黑
像不食烟火的女子
命运多舛
我剥下它的外壳
含进口中，竟然
吃出情欲，与清欢

鱼的属性

在细叶水草间，一整个白天
垂钓的人，没有钓到一尾鱼
而谈论着自己。一整个白天
腐木、酒瓶、塑料

一样一样从我的头顶，经过

风吹走岸边的房子
匿名野花垂落
那更小的族群，远游了
从直起身的河流里
我看见一个人纵身
河水，朝向别处

陪父亲散步

晚饭后，夜垂下来
父亲习惯去河边散步
尽管饭前的争论
依然像牛羊的嘴，缓慢地
吞咽着细节的部分
即使这样
我还是突然想陪他走走
灯火很黑，马铃薯地里
白色的小花浮在月光下
新修的建筑物和树
有许多相似之处
父亲始终一言不发
只有河水哗哗淌过

减法

邱红根

在公墓

好久没有来公墓了，
中元节去拜祭死去的亡灵。

公墓里又添了一些新坟，
仿佛要铺张到天边。
照此发展，不多久
公墓里将安不下新死之人。

让我们看看这些墓碑吧！
每个墓碑都对应一个鲜活的生命。
而今他们曲折的一生，
浓缩在简短的汉字里。

晚风一遍一遍吹过墓园。
那整齐的坟墓多像列队的士兵!
它们仿佛是夹道欢迎我
回到他们中间。

最放不下的人

记得书上说过：
"天上一颗星，地上一个人"
天上一颗星星熄灭，
地上定有一人死亡。

妈妈去世这些年，

我走夜路从来不害怕。
妈妈去世这些年，
我的运气特别好。

昨天一位朋友告诉我：
人死了鬼魂就会生活在天上，
看着人间
照应他最放不下的人。

水布垭

这里山色葱茏，
这里盛产夏橙和茶叶。

八百里清江一路蜿蜒。被谁卡了一把，
在这里突然变瘦。
拦江而建的水布垭电站，
仿佛清江上的一根腰带……

想去看看这一妙处是我多年的心愿。
今天我终于来了，
可我是为同事爸爸葬礼来的——
他昨日死于脑血管意外。

站在门前瞭望眼底下的河流，
多么熟悉，恍惚中如见旧友。

水布垭，水布垭——
请允许我感谢一个新死的人，
仿佛是他代替了我
默默照看了你这些年。

灵隐寺

阴间在哪里
鬼会不会长大、变老
鬼死了是不是就会回到人间

人生前做什么
死后是不是还做什么
生前的病
死后会不会带过去

谁掌管着银行货币发行
清明节烧大量纸钱
会不会让阴间通货膨胀

西方的阴间
和中国的有什么不同
在阴间谁做主
怎么才能成为神仙……

在灵隐寺
我叩拜各式各样的菩萨
我有太多的疑惑，今天
都要一一问清

麻雀

仿佛患有多动症，
它们很难在一根树枝上，
长久静下来。

它们从不练习
好好走路。蹦蹦跳跳，
像音符，落在树枝上，

发出悦耳的声音。

月亮湖茂密的树林
给它们提供古老的曲谱。

偶尔，它们也悄无声息，
站在风中。像苍凉的心事，
像易逝的顿号，
短暂安慰我们惆怅的心。

从哈尔滨到牡丹江

除了个子矮小一点
这里的玉米、稻谷、高粱
和湖北并没有什么不同

如果不是对面东北方言
时时提醒，我疑心
我们真的行走在江汉平原上

车往东开，风向西吹
这地势也慢慢起了变化
车窗外偶尔闪过俄式建筑
和国营农场的旗帜，预示着
这火车将一路通向边疆

此刻大地安详，河流美好。
黑龙江和湖北，原来
没有什么不同。幸福的生活
原来真的没有两样

小联合国

她大学专业是小语种
学挪威语、法语、英语
后赴挪威读研究生

毕业留奥斯陆
三年后拿绿卡，改挪威籍
嫁当地土著安德烈

婚后生小安德烈
父母随她去挪威定居

公公婆婆讲英语、法语、挪威语
安德烈讲英语、法语、德语、挪威语
她讲汉语、英语、法语、挪威语
父母亲讲汉语
她戏称，她家就是一联合国

儿子三岁了
迟迟不敢开口说话
这家，太复杂
小家伙搞不懂他该怎么讲话

两面派

6月9日晚，与洁岷、高柳、修彦、德权诸友
聚于武昌某餐厅
饭前，给他们
讲肠道微生物理论
讲食物酸碱性学说
讲烟、酒、荤食与癌症关系

其间，朋友驳斥——

某某不抽烟不喝酒，活53
某某只抽烟不喝酒，活63
某某又抽烟又喝酒，活83
信手拈来，皆是证据

饭中见我饮酒，不避荤食
友笑说我是生活的两面派
笑说我理论是为他人设的禁锢

我说："明天开始，素食"
我说："多么形而上学呀"
其实，我说的理论只代表一种趋势
偶然的破坏
并不能改变其方向和本质

车上的再教育

这里有看不见的真相——
古细菌能在极热、极寒、极酸、极碱的环境
　　中存活
蘑菇是肉眼可见的真菌
变形菌进入动物细胞内
成了线粒体
蓝细菌是植物细胞的叶绿体
硬壁菌门细菌可致肥胖

每天送儿子上学
他都会在车上读《生物学》
十分钟——
这些颠覆性的知识，完成着
我日常生活的再教育

我们无法独善其身
作为一向的异养生物

我们占据食物链的一极
并参与着生物圈这古老、伟大的循环……

保守主义者

每个周末，
会去一中接孩子。
校门周围
总排着长长的车队。

我从学校侧面马路进入
在差不多的地方遇到了车位
总是会停下来

也许前面还有空车位，
也许没有。车队看不到头
通往一中大门的路上
充满了不确定性

找到了停车的地方
悬着的心才能放下来
虽然隔校门远了一点
虽然儿子出来了要多走一路段

由此看来
我是一个生活的保守主义者
而多少年
我对这一无所知

减法

每隔一段时间，

姐姐就会给我打电话
告诉村里的事。

谁考上了大学，
谁坐牢去了，
谁生了病，癌症
最后总是会说谁死了。

那么司空见惯
姐姐的电话中
仿佛死是村子里最隆重
不可或缺的事情

一个人的死
带走的是他和乡村的普遍联系
他鲜为人知的故事会像露水被风收走
最后被土地收藏

时间是个坏孩子
一直在我们村做着减法
这些年我认识的人被一个个减掉了
现在又在减一些我不认识的人

时间仍将刷新这一纪录
让一个远离家乡的人
惶恐又怅惘

有幸

野迎春、杜鹃、女贞子、忍冬……
这些都是我认识的
三色堇、紫薇、星叶草、窃衣……
这些都是我不认识的
现在通过花伴侣

我可以逐一辨别开来

每天在小区遛狗
我都会在这些花前站下来
叫她们的名字
并仔细观察她们

其实她们和我
在这个小区共同生活了许多年
只是，在知道花伴侣之前
一直未曾注意过她们

多么有幸
我和这些花生活在同一个小区
夜晚
在同一片星光下
做着各自的梦

卖花姑娘

她的打扮，不朴素也不华丽
他修剪花枝的姿势，不复杂也不简单

动作娴熟和谐，与阳光的舞蹈同步
她的脸颊，始终浮着两朵好看的红晕

让古典味的长发飘起来
他的背景，是整个春天

和花朵一起
弥漫朴素的乡土气息
他是一幅画
就这样轻易被城市的早晨定格

温文尔雅，风姿秀逸
她花朵一样的年龄
生动着城市僵硬的表情

尘世之美

郁东

换位

我静止思考
这里的桃花
就是天下桃花

宝剑金光闪闪
吹洞箫的女子会我在三月的阳光里
在一棵桃树下

遇见我
乘一片桃花出游

寻访

每次到鸡足山
我都会在那块
曾经坐过的石头上再坐坐

叶落
花开
人来人往
鸡足山用小径、台阶
缆车、马匹
写着什么

山高
楞严塔为峰

金顶之上
遥远而陌生

你家的木门
找你

出游

环境一变
心境变了

在外吃饭
无非是换个地方
做梦也是
无非换了张床

电话一响
家就跟着移动
女儿的牵挂
母亲的问候
无论走到哪里
都拴在心上

小桃

像极了一个名字
是谁家的女儿
花朵尚未凋谢
恰如无瑕的少年
小辫子上
还插着一朵
水灵的花

小桃
春风就要推开

为她省下，地上的花朵

耿翔

鸟儿自述

飞在天上，我们没有天空
落在地上，我们没有大地

一只空怀，天空的巢
在勾画不出云朵的树枝间，也空怀着
草木稀疏的大地。被风雪带走
身体里的温暖，被雨水浇灭
羽毛上的火焰。一只青虫
带来的农药，是残杀
我们的晚餐

死后的身影，不再浪费
人世间的一寸山水，只用羽毛

留在云朵深处的痕迹，告诉那些还在
天空中的鸟儿，我们不代表
痛苦，也不代表快乐
我们的翅膀，穿过大半个
天空，只是为了不停地
起飞和落下

没有天空，我们也要起飞
没有大地，我们也要落下

为她省下，地上的花朵

站在山坡上，那个帮我

数羊的女孩，像羊想的
一朵云

像一朵被雨水，洗出一身
蓝花土布衣裳的云。能被戴在发间
这些低头，吃草的羊
也懂得从舌尖
为她省下，地上的花朵

盛开在，她的身体里
我能看见的世界，不想在天空移动
跟着雨水，从飞鸟的背上
那些移出，天外的云
为她，落回地上

我的悔恨，是我放下
羊的时候，就是从山坡上
狠心地放下，那个帮我数羊的女孩
雨落人间，多少次丢掉的性命
再也无人，去数回来

山坡还在，数羊的女孩
像一朵云，哪年流失在
羊想的天边

跟我们再活一世的血誓。神灵压不住
点燃在坟顶上，我看见
一些悼亡亲人的花朵，也被用来
记录我们之间的
生来死往

我身上，也有
攻心的词语，被季节敲打着
春天的药力，浓烈得不用怀疑
在山野间穿过所有植物，会把万物救活
这个时候，就是一块丑石
躺在我们渡过的，河边
也会有一身冲动

从山脚醒来，大地露出
春天的药力，大地在上升中
带我到山顶

春天的药力

从河边醒来，岩石露出
春天的药力，一朵山野之花
借机，救活自己

大地上，该出土的
都带着身体里，攻心的火势
向爱过恨过的人间，大声喊出

樱花树为什么不开花

王清让

清晨入古寺

最先醒来的
三个和尚
抬水、扫地前
冉冉升起
一面国旗
还有，我们班的张小美

在济南

她在靠窗的1号卡座
我在靠窗的3号卡座

她要了一份玉兰虾仁
我要了一份青椒肉丝
她边吃边看窗外的天
我边吃边擦脸上的汗
她背着一个棕色的包
我背着一个黑色的包
她将了将额间的刘海
我扶了扶鼻梁的眼镜
窗玻璃映出她美丽的
脸庞，她冲我笑了笑
窗玻璃映出我英俊的
脸庞，我冲她笑了笑
她付了账，我买了单
她走向了济南火车站
我走向了济南火车站

进了候车大厅——
就融入人海，各自走散

坐一天一夜的汽车火车汽车赶到学校206寝室
第一眼看到儿子的那种目光……

樱花树为什么不开花

春天了
校园里
十几棵樱花树
竞相开放
独有一棵
只长叶子不开花
大家都在找原因
有人说棵数太少
不能吸引蜜蜂授粉
有人说需要更换土壤
有人说需要限制浇水
有人说需要适当遮阴
有人说需要精控施肥
有人说需要勤修剪……
七嘴八舌议论纷纷
樱花树听得不耐烦了
自己给出了答案：

她说，她不想开！

我见过世上最疼的目光

是我大学同学郭智慧
新学期开学不到三个月得了精神病
白天见谁给谁下跪
晚上撕作业本叠元宝在床头烧
其父亲听到消息放下锄头从大山里

拿着吹风机吹头发

张心馨

人的一生

就是把手慢慢展开
从石头到布
花了很多很多年

拿着吹风机吹头发

如果有一天
我拿着枪指向自己的脑袋
也许会发现
这动作竟如此熟悉

地球

我把脚
埋入土中
看
我是世上最富有的人
这
万物生长的地球
只是
我的一双
鞋子

红旗家属院

李荼

礼物

我想要一件礼物
那是一条缓慢流动的河
它永远缓慢地流
为我，反复流很多遍。

红旗家属院

这里有植物
我一直喜欢玉米

也喜欢猪

红旗家属院里
什么都有

我在盛开的辣椒花中间散步
那是我的花。白色的花。

习惯

我焦虑到极致时
会用左手拇指
像弹古筝那样
去弹拨其他四个手指的指甲
我把它称为习惯

但令我不解的是
为什么是左手而不是右手?

无处可逃

于小四

生于人间四月天

春天的种子
跌落在四月的浅唇边

芳馨的甜蜜
一滴滴浇灌
万紫千红，开满了山峦

梨花似雪，滋润
如水的肌肤
桃色依旧
颦笑顾盼于风情万种

四月天　人间最绚美

匍匐其中
醉心这场盛大的烂漫

从此
携带着千娇百媚
一路招摇
一路繁华

唇叶

孤傲，醒目
像从
"旭日上采下的虹"

一抹鲜艳
恰似美人性感的唇

将热吻，悬于空中
绯色的脸颊
泄露了妖冶的魅

红霞浸染
寂寥的影，兀自骚动
将火热的情愫
摇荡在
浅蓝的天色里

无处可逃

布道或者布局
被禁锢的，不止肉体
乌云密布
黑暗里，我听到了磨刀声

贪婪、虚伪、诽谤、嫉妒
潘多拉的盒子被恶魔打开

你
无处可逃

我的监狱

涂拥

双乳峰下有座庙

长在长江边上的乳房
山峰一样挺拔
可以容纳百年古庙
此时我进入庙堂，不见香火
菩萨们也不知去向
墙壁上残留着一些标语口号
朋友说古庙曾做过学校
我一下就明白了
双乳峰下的孩子和菩萨
都早已长大

炸开的石榴

同是一棵树上挂的果
这个石榴占据了最向阳地方
拼命往上长
仿佛整棵树都在身下
凭借位置优越
本来可以长出一张绯红笑脸
可想得太多，想大了
结果皮裂嘴歪
引来虫子欢喜
炸开的石榴太像一个人了
我仅是路过
也得警醒自己
不能长得太像一个石榴

在两江交汇处看什么

托马斯·温茨洛瓦戴着
"欧洲最伟大的在世诗人之一"的帽子
正在弯下八十岁老腰
抚摸泸州江水
脱掉昨晚在金色大厅
接受鲜花与掌声的西服
他执意要将自己的立陶宛眼睛
盯在这两江交汇处
我只看到江面比其他地方宽阔
小小水鸟与钓鱼工具
在此汇集
也不知这个将自己与中国
比喻成李白与敬亭山的老头
他又看到一些什么
握手告别时，只感到他像波浪摇晃
手心还一片潮湿

南方民谣

张元

苗族情歌

突然就想到了你，这一刻
有雨的清晨，那本很久不曾翻开的书
封面上落满了灰尘，我不再试图阅读
它的内容已经很旧了，每看过一页
时间就老掉一分，只有回忆还是新的
不为人知的问候，都是我的

蝴蝶已经飞得很高了，靠近天空
让它读懂了生活的忧伤
看见你的眼睛，饱含泪水
是拒绝的理由，想哭就哭吧
我不能阻挡月亮的邀约，就像说不出
白昼的意义

你走的时候，我终究
没说出话来，车轮一声声跑远
夜已经很深了
想到了没有明天的牵挂，还是满了杯酒
狠狠喝了一口

彝历新年

游行像极了狂欢，草山中
祈祷出第一重梦境，感动穿梭不息
桃花盛开于其间，没有结束的历史
太多的仪式感死去了，你用力地呐喊

接受着这样的答案
耳朵长出了翅膀，而风暴本身
已经无限辽阔

思想解释不了复杂的生活
孤独并不能决定时辰
我对于缘聚的执念，不再是绝望的行走
要让玫瑰知道伤口，不安的光阴中
谁都无法接受奢侈的快乐
在纸上虚构出世界，当我想起诗歌

这一次，不要借用远方的抒情
石头长出了石头，眼睛看见了抽象的剪辑
我爱天空，也爱过沙哑的歌喉
这个季节
我知道了冬天

一阵大雨，又于涟漪中结痂
你不必温柔着嘲讽
时间的弧度正在此时
缓慢地变形

盆什盆什

这一天很漫长，当歌声响起
我便开始起舞，俯身嗅到花香时
决议以猎手的名义眷恋
春天是多么惬意啊，听一阵风吹过
此后一病不起，原谅那些错误
只是缺少一个理由，黄昏呼唤着一段往事
往事包含着一个陈旧的名字

我不能再嗅到你的气味
那场大火，烧掉了很多的从前
当天鹅从远处赶来时，约定就从湖泊里展开
腐败的落叶挂满了唏嘘
你说，遗憾到底何时开花？

云朵里的钟声在水中响起

字母诗

李伟

字母诗

B

为什么会有
两个
上下一样大的肚子

A

埃非尔先生
您给评评

这是顶小尖帽
还是个大铁塔

C

猜吧
我想对你说什么

D

小面包侧过身
是想
玩杂技
还是
练瑜伽

E

这把梳子送给三毛吧

F

没错
牙刷一定要朝上放
医生
这样说

G

小鱼儿
别上当啊

H

顺着这架梯子爬上去
摸

星星

I

猴气的孙悟空
又忘把你放到耳朵里了

J

先生您来自西方
但在这里
您
姓丁

K

矛和盾
较劲
谁过来劝劝

L

造型简单
但必须承认
这是
希腊式的鼻子

M

相看两不厌
只有两座山

N

爬上去
滑下来
再
爬上去
这回难道要跳下来

O

看到了什么奇迹
难道又是
烂大街的
UFO

P

这面小旗子一定要插上山顶
但——
不许坐缆车

Q

看——
小尾巴露出来了吧

R

挺起了胸膛
向前走
天空树木和沙洲

S

几乎可以肯定
是烫的

T

顶住
顶住

一定要顶住

U

倒满倒满倒满
再加
几块冰

V

是外星人的天线吗
下面——

应该有双大眼睛

W

衬衣的领子
很漂亮
但还需要一条花领带

X

100分
又
泡汤了

Y

小绿叶
这个世界的
花心
藏在哪里？

Z

向左
向右
怎么走都能走到
终点

终点在哪里
终点在这里

异乡人回到异乡

——致沙县

鲁兀

一

此前，他们失踪在流亡的路上
有我想见的人，曾经听我
讲过你的事情
当时我们抵达最偏远的一个村庄
我请求盲手艺人为你做法，在她垂危的床边
安详的阴暗延宕深远
听她自言自语:乞怜上苍有时限的庇佑
为一次顺利的接生；此时颂歌降调至低
似乎接近收尾
却是绵长的和声如光圈盘旋于头顶

路边的杉树豪雨后粘满蝉壳
道路泥泞，深浅混杂的脚印，土狗声哑

我身边那个人，胃部的结石裂开
时间在裂缝上停住。他的状况接近残叶
他要我背着你走完全程
这样天命降下就是两个人承担
这样便有救了，吃惊或愤怒，超逾你对自身
　的怜悯
与别的生命合作，你会安适少语
走进刚刚形成的风暴眼

升腾，抖翅，鸟群在村落的尾端出现
彩虹刷过迟暮的天空
带上你即接受命运的调遣
我们什么也摆脱不了
我们呼吸着对方浊重的气息
起起伏伏恍若熟睡酝酿的长叹

二

急促的鼓声响自远方
歌，唱着：从逻辑的观点看……
父亲对女儿的命运一无所知
他在书房，聆听巫师的隐语

他希望不死，并赶走心中熟悉的脚步声
在千里之外，河出现了
他畏惧河像我们畏惧他迷茫的眼睛
可是你的思念正如行舟，逆流而上
深及筋骨的疲倦使你面容黯淡
岸边追赶的人苍老的吼叫，那份苍老
足够证明你的流浪生涯
不是因为痛经而狂躁并且混乱不清

女人的聪敏和放浪之间看不到界线
她被诅咒，同时又被接纳
她的乳房有深深齿印，她的头怎么会
接触到如此丰美的悬铃

这支颂歌，粉碎它。肉体。肉体无处着落
无所皈依。你一次次从同一座城市
逃向别的城市，同时在每家客栈见到我
见我面目模糊，你也变得更加暗沉

谁在询问，还看到带着情愫的躯干
被欲望炽烈的形体追踪
直到追尾，在扭打中两败俱伤；直至音乐结
　　束
还有顽劣的盲音响彻心底，盖过旋律
癫狂的指证。谁在询问饥饿衍生的谎言
不知是同情自我还是别人，我遥望星际
在场的人都这样做，吮饮
风中芬芳的气味，茫茫的黑潮
你来让铁树开花，全部的铁树开花如暴行之后

三

是否有了把握，才能说清经历的体内的痛
你找不到更好的修辞，它扭曲你的肉身
在更高的意义上它赋予你某种回忆，像一匹
　　马
跑出爱情的故乡，跟随它的许多小马驹
撞进陌生人的门户；每顿晚餐都是最后的晚
　　餐
无酒不欢的人对你说房顶太高了，爬藤
从窗口伸向他们的脖子，门上的苔藓
扩展开来把房子围住，捣毁家具
仿佛惊涛拍崖，神秘的梦魇夹带了窒息
那个命名为罗蕾莱的姑娘她
抚摸过你的头发，自身后落下一片片颤音金
　　币

这个动作她百试不爽，代替性爱的晕眩
她喊道女人在一幅画上永生吧
展露赤裸的胴体，是女人的聪明，之所以不
　　能
抵抗天鹅的诱惑，以及其他的祸害
是聪明的微光受制于求生的暗翼
那样的幸福致命而又愉悦呵
马群已经在厨房内
大嚼饲料。嘶鸣，并且践踏罗蕾莱体下的河
就是那条出现后又闭合的古老流域
时刻流露着你的平凡近乎虚无的容貌
在太阳下如水波般逸逸若飘的冲动

四

"我不是对你有用的人。"
我们的身后有灰色的布景

整个剧情是把鲜花的感觉挤兑成苦胆

那么在我面前谈话者是谁？你风尘仆仆，精
　　神饱满
但反而陌生得无从说起。我们相遇在集市
在鸡蛋和佛手瓜，在鸟笼和水灵灵的蔬菜
和买卖人的吆喝中，内容单调如你使用一辈
　　子的姓名
你使用它，夜以继日，你等于把洪水召唤
淹没自己，然后再去找，你看到坐着的我
便以为可以闭眼了；多么宽慰，多么不可思
　　议的真理
那么在我面前发高烧者又是谁
我让你感到我的手是值得信赖的，正把宁静
　　的液体
输入智慧的血库，此时教徒走进教堂
他谛听，他处于混沌，将所带的东西放弃
只有他感知，而你在传道：你钉在墙上
比任何人都有更多的自由，我迷茫并且警惕
　　着
这个自由的时限
我站在河流边，涛声怂恿我折断其势

我的话对你何用。苦难。苦难算什么
它仅仅是你的侧面，是浪子的背包，塞满旧
　　衣服
顿悟算什么，你拒绝它因为罪恶是不可战胜
　　的
萎靡是不可战胜的，忧郁——痛哭——跋涉
穿越森林白天就抹上了月亮，你被露水浸透
树叶作衣，像迷途的影子可是你不惊慌
家是什么，是你在内心祈求的那句话么．爱
　　你
爱你，爱你
爱我到极限就是复活，抑或寂灭

五

流亡的人群在睡，土地入梦为安，风关闭
我错过多少机会，我只能失眠——
失眠内部的初见的梦景色别样，听见它的喧
　　哗
已趋成熟，把你紧紧拢抱
这与流亡者的梦不同，他们背靠泥土就有力
　　量
他们没有故乡，在有限的疆域里形成势力

嬉戏呀，这群带皱纹的孩子。星空下沙滩银
　　白
鸥鸟鸣叫。他们生于同日，翅膀长于同时，
　　同一秒钟
卷入风暴的眼睛

嬉戏呀，在酣睡时呻吟的女人
随他人到集市卖艺，一路跳着铃铛舞
伸长的手闪着硬币。你的歌沙哑，你的身份
　　无人要赎
你在破败的马车窗口看着远离的枫树林

我对自己说，嬉戏吧，反正一样
我会什么，就拿出什么晒干，碾成粉末
然后再让它成形，像记忆中的两尊雕像，不
　　同的是
不是皇帝和皇后，是全裸吾皇边的两名裁缝
面朝无知
我又对自己说，嬉戏？而失忆的梦是无尘的
　　空
是无序的安宁，我的手脚该放哪里，或将自
　　己
分解，看风使其旋转，相撞如童子报喜
看似被感召，又被感召所提弄
这支颂歌，粉碎它吧

六

回到现实中来，我们是不温不火的老相识
我以虚幻让你留下，代价是永久客居他者的
　　山庄

回到现实中来，结婚或者出走
都只是你在室内做一次别致的旅行

回到现实中来，搞酒，搞酒呵，吃：烤豆
　　腐，扁肉拌面
大板鸭和迷魂汤；林林总总的小吃
然后小口小口地抿着葡萄酒……回来

你流连在街头，发现塔楼上的小悬钟
随着你的意念奏鸣于风，但并不哗众，不过
　　是——
回到现实中来，正在进行中的梵音唱晚。你
　　看莫尼卡
回到意大利，一夜间成为威尼斯狂欢节的最
　　佳女郎

你回归现实，看不到我，你说：
到哪儿去了，全世界都在找你。这时
我正跟踪一个小不点。她将我引向由卧佛守
　　护的
淘金之山
好让你顺利归来，冲进我独居的阁楼
在白墙上写下"到此一游"，随后
把阁楼折叠，到我找不到的地方再撑开

生活，从属于现实，生活就很魔术地玩开去

七

一次，两次，无数次地想到
你跟流亡的人群走着相反的道路
他们死亡，你出生。早晨的感觉：新鲜的一
　　页
夜晚的醒悟：重复。对于你，对于我们
就像不停地擦拭镜子，看自己老去，又年轻
善意的讥讽为了枯燥的对话有个转机

我说过书本和女人，在流亡者住在村庄时月
　　的门窗
是一个可能性存在的苦恋过程
或你可能性参加的葬礼
在船上，在沙河上度过一晚
你在烛光边守灵。你活着，所以与众大不相
　　同
人类之上到底是什么无所不在，一艘船满载
惨白的脸蛋
没有语言的悲哀，它盼望沉没
那个葬礼留给你的只有烛光，此起彼伏
隐藏在布景后面的悠长的呐喊，像一次围猎
我们心中永远的恐惧，消失的事物，至今未
　　有
被深恨过的，和被痴迷过的
人类一回头就变成盐柱，为此我羡慕你
始终拥有烛光的语境，循着微明而行
当人们互相转告：多美啊，请别停下
一匹马加入这支发狂的行列，而我
看到马背上的匕首是被你深深刺进
你回到故园

韩东谈诗录

韩东

1.诗是一个过程，不是一个句子或者句子的拼接。

2.写诗不是造句。

3.诗要求抵达，抵达诗。一首具体之诗指向抽象之诗。

4.诗不可能一眼望到，它经历时间。诗的时间就是它的空间。

5.用"诗的语言"写诗便是诗，这是最普遍的也是最不经大脑的误解。（集体无意识？）

6."诗的语言"杀死诗，它把句子设立为目标。在桥上或路上叠床架屋。

7.诗要抵达的不是结论，它也不是一次解密，而是陷入神秘。

8.陷入陌生就是陷入神秘，在结束处有一个开口。

9.你正在写的称其为诗，在这首诗中试图抵达诗。试图抵达的那个东西经常被称作"诗意"，但诗意的概念太不纯，还是称为"诗"吧。

10.诗在结束之处，甚至在结束之后。

11.某人说，诗为了最后一句。不予置评。但就诗而言，结束的确远比开始重要。

12.诗是结束的艺术。

13.因此长诗缺少合法性，它始终无法结束。

14.诗的这种神秘因此与生命（人生）息息相通。

15.诗要求抵达某物，这种"意欲"本身即是诗。不一定真的有所抵达，或者所谓的抵达已包含在某种流向的过程中。

16.诗可以以无结束的方式结束。

17.诗可以以中断的方式结束。

18.抵达或者结束已先验地包含在诗的时间过程中。

19.诗具有结束的意欲、倾向、气息和准备。

20.一首真正的好诗是不耐烦的，或者某个时间一过便不耐烦起来

21.诗奔结束而去，似乎那里有什么值得一提的东西。

22.在一首诗里，可多次触及那个东西，触及那个"结束之意"，并不一定非要等到最后。

23.但最后的结束的确是最严重的。"哦，真的结束了！"是"真的结束了"。

24.一首永不结束的诗或者毫无结束之意的诗，是件麻烦事，或许根本就不是诗。

25.组诗是单独的集合，或者不同阶段的续接，不应该是某种建筑式的构造。

26.反对长诗就是反对这种体系性的构造，但不反对短诗以任何名义集合在一起。以组诗的名义、诗集的名义、相似主题或题材的名义皆可。

27.诗可以类比为音乐、戏剧，但和绘画进行类比时要格外警惕。和建筑进行类比完全不得要领。

28.只有语言的诗才不是任何比喻意义上的诗。

29.比喻语言之诗的诗，所要强调的是时间、过程，重中之重强调的是某种趋向于结束。

30.诗歌是某种死亡–再生艺术，是重生之术。

31.标准语因其没有特点，所以是合适的诗歌语言。

32.诗的特色来自诗人，而非他所使用的语言。

33.就语言方式而言，特殊性、异样极其珍贵，但它应是一首诗的结果，而非起因。

34.把毫无特点可言的语言变成极其异样的诗，而非相反（异常、异样的语言写一首平庸之诗）。

35.一种"空的语言"才是诗所需要的语言。"诗的语言"则因其不洁，是非诗的，或者说缺乏塑造的可能性。

36.普通话的普及是现代汉语诗可望有所作为的前提。

37.普通话即是标准语，对诗而言它就是毫无特色的"空的语言"。

38.但诗不停留于空。由语言之空导向诗之实。

39.诗从普通话开始，到语言为止。后面的语言是说语言的诗。

40.以诗歌命名语言之诗是更加完备的。诗歌包含了语言之诗的两个部分，诗与歌，二者所指不同。诗是指语言之诗的指向、意欲；歌指语言之诗的声韵、节律之类。

41.诗不为语言之诗所独有，而歌却是语言之诗特有的物质形态。

42.诗歌中的歌非音乐，非音乐之歌，只是语言的音声，或语言运动的音声。诗歌中的歌是语言之歌。

43.诗歌中的歌赋予语言之诗以外在，但有可能只是有歌而并无诗。

44.格律诗是典型的诗歌，但仅有格律并不能成其为诗。

45.自由体亦然，分行不分行都只和节律、音声有关，而和诗的抵达与否隔着一层。

46.诗不是韵文。也不是变相的韵文，由呼吸或心跳影响的颤抖书写。

47.就诗而言，关系比形象重要。然而，最重要的关系是形象之间的关系。

48.可以设想，写诗和改诗使用两个不同的系统，因此写不出来是修改的最佳之时。反之亦然。

49.写两首失败的诗，然后会有一首成功的诗，这整个是一个过程。

50.在心理上尽量写短小的东西，最好在一两个句子里完成。满足不了，是因为溢出。溢出的东西远胜于故意地拉长，品质不同。

51.写诗上，所谓的技术不过是方式。所谓的方式不过是心理。

52.写一首诗，耐心很重要。我们习惯于在亢奋中忘我，耐心的忘我不然，完全不亢奋，渐渐沉入以至于麻木不仁，时间就这么过去了。要给自己预留足够的时间。读吉尔伯特就能感觉到充分甚至多余的耐心。不怕多余。

53.要让自己慢下来，更多的时间不是用于写字，而是在思考。无须抓住灵感。抓不住的灵感根本就是不需要的奢侈。用第二反应而非第一反应写诗。

54.想到的立刻说出，这是第一反应。这是一路写法，几乎是写作中颠扑不破的真理。但现在，我们要用第二反应写；这样写下来的东西是不同的。可能更笨拙、磕巴，或者造作，但也许更有厚度。

李锋读诗

李锋

一只长颈鹿跟我私奔

诗/慢慢

我盯着她柔软的颈部动了心
现在她温驯地躺在我的
汽车后备箱里
用打成漂亮蝴蝶结的脖子
均匀呼吸

诗可以是一种单纯的美丽，不需要意义，可以凭空想象，不管现实的逻辑。读此诗我眼前一亮，为这心灵的创造心动不已。现实里的"私奔"不无惊险艰辛，诗人剔除了所有负面因素，还给大家一个"私奔"的童话。既然是长颈鹿跟我私奔，全诗便围绕这条长脖子做起了文章，动心是为"她柔软的颈部"，而动心是私奔的起始。私奔的过程最具故事性，一般人会浓墨重彩。诗人偏偏否弃了故事，她重在写出童趣，这是诗比童话高明的地方，于是动念之后直接就写私奔的终场，大概要为成功庆祝相拥吧，打开"汽车后备箱"（这里有一种现代生活元素的混搭诗意），却再次看到她的脖子。脖子太长，后备箱太小，打成蝴蝶结是一个美丽的解决办法，最惊人的一笔是"均匀呼吸"，平和舒适，从容宁馨！正是这四字，让我确信诗人有着成熟自觉的诗歌才华。当然，我们也可以把整首诗都看作是私奔的起始和准备，没有一丝慌乱，不像是逃离什么，倒像是要开始一场快乐的旅行。如此简洁的篇幅，源于诗人精心的裁剪，她太明白什么该写什么不必写，以使细节凸显，鲜明有趣，诚为灵性特具之作。

闪电

诗/侯马

我想到古代的万事万物
街巷、宫殿、旷野、远山
茅屋前的老叟、儿童
树下面抬蹄的骡马
有的物是人非
有的亘古不变
但他们都有一层
古代的色彩
唯有闪电
始终属于未来

不知别人如何，此诗我读到最后恰如看到电光一闪，诗人以一种先验式的判断一下照亮了我隐微的感受。这真是诗人的一种天才的直觉，带有形而上涵盖的直觉。你从来没有见过这种说法，但这样果决的论断一见就让你惊服，好像从来就藏在你的潜意识中一样。这是一首神秘的诗，灵感迸发之作，来自天上。它的地上部分（前八行），更像是事后找补的铺衬，以其暗淡衬出闪电之光艳，而闪电始终如命运在前投下阴影和不安。

我希望你说一些粗俗的事让我快乐

诗/刘傲夫

妻子是个诗人
我也是
我们每天过着
纸上的日子

有一天，她从一本
外国诗人的集子上
抬起头来，说
我希望你说一些
粗俗的事
让我快乐

这句话，其实
我等了她
好几十年

读到这首诗，我没有任何犹豫，立即决定选评。这样一种"事实的诗意"来得太不容易！这是几十年的诗意生活逼出来的一种反常诗意——但是且慢，什么是正常，什么是反常，已经不再确定，至少在这首诗中是可以反转的。因为夫妻都是诗人，就高雅地活在纸上，一晃几十年，这是他们的日常，可又多么地反常！诗人能彻底否认自身俗人的一面吗？那得多么累！粗俗也可以是诗意的，就像片面的诗意也可能变成人性的桎梏。快乐不需要意义，而诗歌理应给人快乐，从严肃里适当走出来，绝对是一种解放。妻子的一句话简直就是最经典的口语诗，甚至可以用来象征一种诗歌阅读口味和诗写方式上的重新抉择，从古典传统的诗走向与生活打成一片雅俗不忌的口语诗。

心境一种

诗/刘川

此刻我的心异常宁静
但我知道
那是一挂鞭炮
与一盒火柴

放在一起的
那种宁静

我读这首诗感觉特别亲切，我在自己家里就曾见过这种画面。那是某年寒假的一天，我推开东屋房门——那是很少住人堆放杂物的房间，就看见几挂鞭炮和一盒火柴同放在桌子上，离得很近，我甚至有点惊慌地立刻把火柴拿到别处去了。而它们放在一起事实上又有什么不可以？在寒冷的冬天又不可能自燃。真正异常的是人的心理，在人的敏锐的感受里，那一刻似乎安全里埋藏了危险，寂静中孕育着爆响。巨大的张力构成了诗意，这是基于物理与心理双重事实之上的诗意，既坚实又微妙。貌似什么都没说，其实什么都说了，既说了"宁静"，更说了"异常"。可见的物象并置只是一种提示、一种过渡，心境毕竟是不落言筌的，必须舍舟登岸，以自心去印证彼心。

民工的铺盖卷

诗/梅花驿

已经是三九了
天冻地寒的
几个民工吵着
要提前回去过春节
我说把你们的铺盖卷
放在工地
甭带来带去的
怪麻烦
一个民工说
不背着铺盖卷回去
谁知道我们出去打工了
另一个民工则说
几个月没有晒铺盖了
正好回去好好晒晒

我读梅花驿诗集，深感其诗有国风遗韵，其人有老杜情怀，这首诗即是例证。诗人与民工兄弟搭话的情景，让我想到老杜的《兵车行》，尽管事件有所不同，但对应各自时代的典型性上又有可比性，尽管气氛上悲喜轻重不同，诗人的关切却是一样的真挚。"民工的铺盖卷"，出入于城乡之间，可以说是现代生活中一个突兀而典型的意象，抓住了这个，就抓住了一份重大而坚实的诗意，尽管这意象在传统诗人看来可能是反诗意的，那是多么的寒酸。在第一个民工的解释里，我们看到了微妙的文化心理，在农民眼中，铺盖卷已然成了打工的庄重仪式，就像小学生背书包一样自然，否则倒有一种不务正业的二流子嫌疑了。而在第二个民工的说法中，我们又看到了民工生存环境的恶劣，打工生活中的局促不便，使得晾晒被褥也成了难事、成了奢侈。两人的话，让我们听了一喜一忧。我想还有不曾说出的理由，那就是我国农民在一贯艰苦的生活中所养成的惜物节用的作风，他们怕自己的铺盖卷给弄丢了，尽管价值不大体积不小，仍然不嫌麻烦地背来背去。此诗朴素写来，没有俯悯之态，如话家常，只呈现，不评说，举重若轻，干干净净，真好。

多年前的某个下午我在一个女孩面前耍酷

诗/起子

那时我刚学会抽烟
我把抽剩的烟头
往窗户外一弹
却被一根窗户栅栏
反弹了回来
这是不到十分之一的概率
我从地上捡起烟头
再次向外弹去
烟头却再一次被栅栏
弹回来
这已经不是概率问题了
这简直就是命

笔墨集中于一个极小的事件，将之写透，就叫精致。起子此诗就是精致的范例。很多男生学抽烟就是为了装酷，而弹烟头则是更具技术难度的耍酷，无论装酷还是耍酷，吸引异性都是其最大动机。在一个女孩面前耍酷的诗人，这次偏偏接连失利，头一次还可以用概率问题给自己解嘲，可紧接着的失败就只能认领对方的嘲笑了。写到"概率"，此诗还是混沌的，有多种可能性，及至写到"命"，此诗才一下剔透了，板上钉钉。也可以反过来说，前文都是最具体的笔墨，而待到"命"字一出，这才浑涵深广了。这个"命"更多指涉的应该是我和女孩的关系走向，事件发生当时我可能只是有种不祥的预感，而站在现在的时间回望我才这么肯定一种命运的存在。这种极小与极大、极轻与极重的混搭带给读者一种心理落差，形成一种有趣的阅读效果，而此诗实在是四两拨千斤之作。

母亲在我腹中

诗/图雅

母亲已经盘踞在我的腹中
这是不可更改的事实

寂静中听见母亲的笑，响彻我的喉咙
它让我恐惧，让我疼痛

我应和着她的笑在平面的镜中
滋养着她的皱纹

她的白发，被我的腹膜提拉到云的高度
以致我祈求母亲别丢下我

母亲的抱怨，此时
撑痛我脆弱的心胸

我承认我吃了她带血的奶，带血的牙印
证明我一来到这个世上就成为她的仇人

后来我开始吃她的手和脚
吃她的眼泪和勤劳

再后来我吃她的肌肉和骨头
吃她的爱情和宽容

如今她每一寸肌肤都滑进我的腹腔
她的每一块骨头都开始疏松

我吞进多少牛奶和豆浆都弥补不了我的罪过
内视她的表情，充满讨伐和征服

我只好节节败退
用我的坚韧对抗中年，对抗衰败的年轮

母亲在我腹中已是不争的事实
我勇敢地装下她，正如多少年前她勇敢地装下我

这首无疑是图雅的第一名作，在我看来已是经典，在进行时的当代诗歌创作中，口语诗之外，具备经典可能性的诗作比较少见，所以它显得尤其珍贵。这首诗的表现手法非常现代，揭示的母女关系非常深刻。一上来就是板上钉钉的突兀结论，一个超现实的反常意象，母亲在我腹中，足够大胆惊人，让读者瞠目的同时，无疑给自己制造了一个超级难题，接下来如何从悬崖上顺顺利利走下来才是考验诗人能力的关键。下山的路就是上山的路，能下来就能上去，这个推论的过程就是诗意伸展的过程。我们看到图雅做得好极了，从"不可更改的事实"这种自我决断，写到"不争的事实"这种读者也能认可的地步，一种彻底的翻转实现了，一种至深的交流达成了："我勇敢地装下她，正如多少年前她勇敢地装下我"。在女儿的成长过程中有着母亲太多的牺牲和成全，这是此诗意涵的一半，此诗另外的意义却是，当女儿也人到中年之时，她已经能够体验到母亲的全部处境，身心都更加贴近了母亲的形象，她自己也成了母亲，能够和母亲随时有一种至深的理解和体认。母亲在我腹中，就是母亲在我心中的最高级的表达形式。

面馆

诗/王林燕

老板，来碗清汤牛肉面
不要葱不要姜
他坐定打开一本书
点燃一支烟
第一页是日子结束又开始
第二页是葬礼上下起大雨
第三页是她没有死，但消失得很彻底
第四页是鱼儿跳出大海，逃往天空

第五页是信仰与背叛
第六页是欢爱欢爱欢爱
第七页，不知道是什么
他死在餐桌上，静静趴着
仿佛等面与吃面之间的小憩
未弹落的烟灰
如欢爱之后漫长的虚空

这是一首幽深而诡谲的迷宫体诗歌，在如今紧追现实生活脚步的诗歌创作的大背景下，它显得珍稀而独特，带给我罕有的异质化的审美体验。迷宫的入口往往是非常普通和日常的，就好比来到一个面馆，叫了最简单的一碗面，而在短短的等候时间里，一个人忽然就坠进无限的时空里，好像浓缩地经历了一生的剧情。这个最关键的道具是"一本书"。书籍本就是一种神奇的浓缩物，投入的阅读是随着自我生命的注入将其放大为浩瀚的宇宙，虚幻与真实于此融合为一，书中的情节似在诉说他的过往，他在面馆里的死也接续了书中的情节，构成了"第七页"的内容。此诗无拘无束的创造力，让不可能的成为可能，而尤为可贵的是对结尾的处理，将突兀的死蒙在合乎现实的假象里，那静静的"小憩"多么朴素地和诗歌的开端连通一气，而在一家平常的面馆里一个人惊心动魄的一生已经悄然而逝。

天空中，一颗熠熠闪烁的『智子星』

——关于周伟驰的诗歌

杜涯

2006年秋天我在北京时，一天我在一本诗歌民刊上读到了周伟驰的诗歌《河流》，这是我第一次读到周伟驰的诗歌。我一下子被这首诗歌吸引了，反复地读了两三遍，当时我的感觉是：这是一首可以和小海的《北凌河》、我的《河流》媲美的诗歌。而周伟驰的这首《河流》，在感情上、在语言修辞上则是如此地恣肆、丰沛、流泻千里，同时又无比地深沉、节制、充满灵思和智性。

我走过北方的原野，一千里的树，一千里的麦地，但没有河。
幽暗的马眼睛，幽暗的驴眼睛，在大叶杨树下，在黄昏干燥星下。
抚摸着家畜的毛发我感到血在缓缓流动，带着浓度，几近干涩。
灰尘结成土，土结成砖，砖结成城市，而人的眼里没有波浪。

当我回到家乡，在春天，油菜花怒放，在小小溪旁，在小小水塘旁。
当我再次看到你，涨着，淌着，摇着，呻吟着，曲着，挺着，张开着，
清澈的你，龌龊的你，淡蓝的你，油腻的你，可口的你，恶臭的你，
闪着光，在那山崖的拐弯处，在那小土坡下，在那犁开着的新鲜的沟垄旁。

这是《河流》一诗的第二节和第三节。第二节是这首诗的高音部分，是最亮的一节，其高阔、明亮、智思等优秀的特点一览无余，自不必说。第三节则让我们看到了作者的老辣笔力，自古以来有谁这样写过河流？正是在一连串的动词和一连串的形容词中，我们看到了诗人心中多年深藏着的疼痛和眷爱，这是一个哲者的痛、智者的爱，最终仍是一个诗人的泪和光。因而当读到后边的"有福的人，在你童年的门前有一条小河，风里、雨里、云朵下它自管自地流着"时，你会被无形感动，甚至泪湿。

2008年秋天，周伟驰出了一本诗集《蜃景》（和朋友一同出的诗合集），由于近几年我因生活的动荡，后来又因心肌缺血需要休息的原因，这本诗集直到2013年夏天我才打开来读，于是我读到了周伟驰的其他诗歌：《蜃景》《锯橡树》《剪枝》《回声》《滑冰者》等。我要说的是，我发现了一个异常优秀的诗人，而我发现得是如此之晚，为此我心中在一段时间里都充溢着懊悔和自责。本来，我在几年前就读到了他的《河流》，我本该那时就应该进一步地阅读他，从而及早地发现他、认识他的。但我却因为生存、生活的原因而忽视了他、错过了他，直到今天。

这些诗歌令人赞叹，它们显示出了周伟驰的与众不同：他已经不再是一个一般意义上的优秀诗人了。周伟驰在少年时代就开始了诗歌写作，是一个早慧的诗人，诗歌在早期就已经写得相当成熟，而他近年的作品更是处处闪烁着智慧之光。他的诗歌非常耐读，可以反复地读，反复地体悟，开阔、舒展的语言和句子让人可以自由、安然地在诗中畅游，如卧云端，如游大地，风光大美、奇妙、层叠、无限。

这是一个通晓、深悟了哲学、史学、诗学、美学、宗教等等且将其完美地融合在一起的"哲思"诗人，这一切带给你的是一种奇妙：诗情和思想是如此完美地结合，而诗情和思想又是如此地广阔、自由、灵动、飞扬、流淌，同时又深邃、深沉、深厚、深广。而诗中涌动的善、纯良、大爱，又让人不由感动、叹息。

而这些印象，在我近日阅读过周伟驰新出版的诗集《避雷针让闪电从身上经过》后，更进一步得到了印证。这本诗集收录了周伟驰从早期到现在的诗歌精选，其中许多优秀诗歌都是第一次正式露面。诗集中，作者创作于2008年的一批诗歌尤其引人注目。

2008年，这一年对周伟驰来说绝对有不同凡响的意义，从初夏开始，他便如有神助似的进入了一个创作的高峰期。我大致数了一下，2008年，周伟驰共写了大约34首诗歌和一个组诗系列《四个世纪》。这批诗歌整体质量比较高，可以说如恒星闪耀，耀人眼目。如果说在2008年之前，周伟驰的写作已充分显示出他的独特性，使他从众多"学院派"诗人群体中凸显出来的话，那么在2008年，在周伟驰写出这30多首诗歌（包括组诗系列《四个世纪》）后，他已经是一个超出一般意义上优秀诗人的卓异的诗人，他的面孔已经从当代的众多诗人包括从"学院派"诗人群体中分离了出去，成了一个不同于所有诗人的异常独特的诗人，迥异于所有的人，堪称当代诗坛的一株奇葩。

这批诗歌中，我认为堪称优秀的有：《湖边》《蚁山》《小山水》《夜有翼》《四个世纪》（组诗系列）、《望星空的人》《博喻课》《我的星座》《词的眼》《明瑟楼冬日听曲》（A版、B版）、《蜃景》，以及写于2010年的《滨海一日》。

而另外的一些诗歌，如《卡尔·马克思奔跑》《洗鱼》《黄鹤楼》《政治符号学》《一棵树本身》《奋斗》《坐飞机从咸阳到燕都》《暖气盖上的一家》《小城兴衰史》《日新月异的旧公路》《古河床》《霍去病墓上怀古》等，或打通古今，或思及生葬，或凌厉现实，或观照生死，或奇妙联想，在作者敏锐的发现、奇异的想象、新异的幽思、智慧的修辞、幽默或悲悯的语言、敞亮的叙述等等之中，凸显厚重的历史感、时空感，或政治、现实、生存的荒诞感、沉重感，读来也别有感触和趣味，令人掩卷有思。

诗集中，组诗系列《四个世纪》是集中体现周伟驰丰厚学识、修辞艺术、语言功力、卓异想象的一组诗歌，其叙述主体的转换、视角的变化、描述的缤纷、场景的层出不穷、内容的丰富饱满等，令人眼花缭乱，目不暇接。要读懂这组诗，你需要对中外历史、绘画史、诗歌史、哲学史、宗教史乃至地理学等，都要有所了解，有所懂得；即便如此，你也只能"读懂"其中的一部分内容，另一部分，需要进行一番思索后才能恍然明白，或大概"读懂"。

再如《蜃景》这首诗，前边的5节写出了我们所处这个世界的光怪陆离、变幻无常甚至荒诞悖谬，有时像"蜃景"一样虚幻、不可靠，对这个不完美的世界，作者有批判，有怀疑，有讥刺，但最后作者写道：

> 唉，我还是愿在飞翔时带上蜜蜂眼：
> 从一千个角度，把一物观看。
> 一只眼看实，一只眼看空，再一只看变，
> 眼睁睁看幻影成像，心中爱竟那般实在。

"一物"是指一物，也是指世界。尽管我们所处的这个世界光怪陆离、变幻无常甚至荒诞悖谬，有时像"蜃景"一样虚幻，但诗人"我"仍是"从一千个角度"客观地、理性地、辩证地观察它，并在其中发现了美好："实"中有"真"，"空"中有"美"，"变"中有"新"，因而"我"心中对这个世界仍是充满了爱，并愿意投身其中，关注它，观察它，接受它，建设它，理解它。在这个意义上，"这个世界"几乎是另一条"清澈的、龌龊的、油腻的、恶臭的、可口的"、让人不忍抛舍、不能放弃、必须接纳和承载的"河流"。这是肯定的声音，也是自觉的责任，呈现出了作者作为一个智识人的开阔的胸襟、睿智的思想、超凡的大爱。

读这本诗集时，我时常会有丰富、丰厚和满足的感觉。周伟驰在一首诗歌中放入了太多的内容，其容量之大超乎你阅读前的预料：阅读前你看到摆在面前的只是一块蛋糕，但阅读完后你却发现，你吃进去的是三个乃至四个蛋糕的量。这些"内容"又不是硬塞进去的，是作者的丰厚知识、学识的自然呈现，因而读起来毫无牵强、生硬之感，而是感到自然而然，感到愉悦和阅读的享受。

而贯穿整本诗集的，是作者题材的宽阔、语言的丰富、风格的多样，以及无处不在的灵动、飞扬，同时又深邃、深沉的哲思和思想。

如在《博喻课》中，作者写道：

一个把一生献给比喻的人，
最终将获得一个比喻的欢心，站在他墓碑上，成为侍立喻。

一个把一生献给比喻的人，
最终将躺在墓碑后面，成为侧卧喻。
……
有些比喻一边走一边擦脚印，像传统意义上的抹布，
有些比喻一边走一边擦脚印，像现代意义上的吸尘器。

有些比喻喜欢停在空中，扇翅率达到80次/秒，一团烟雾。
有些则懒洋洋地趴在树叶上睡大觉，心脏介于一动和不动。

是的，本诗得以无限继续是因为使用了模糊喻，灰色喻，
面团喻，城乡接合部喻，混沌无相喻以及上帝喻。

不信你试试，会有很多喻从你指下流出，只要你穿上低腰裤。
如果你不试，会有很多喻从你指下流走，你最好穿上低腰裤。

如果你不信，你可以在风平浪静厅穿着西装跳肚皮舞。
如果你信了，你可以在波涛汹涌厅登上阿耳戈号去剪金羊毛。

　　相信许多人在读这首诗时都会忍不住笑意，并感叹作者的与众不同的绚烂横溢的才华（同样的才华也展现在《望星空的人》《我的星座》等诗中）。这是一场智力和修辞的欢会、旋舞，作者带领读者一同出席的欢会、旋舞，像一场节日的盛典，最终作者完成了他的引领、授导任务，读者也获得了超出预期的心灵的欢愉和洗涤。

　　这首诗在幽默、诙谐、智舞、思辨以及飞扬的想象中带给人的欢乐、愉悦、新奇、启悟、深思等，用短短的几句话是无法说清、无法写尽的，它所蕴涵所囊括的东西太多。周伟驰在这本诗集的后记中写道："原来我对'轻诗'的爱好，在中学时便已开始，它们以讽刺和幽默的面孔出现。……实在我很不喜欢一味庄重的诗，尽管有时我也会很沉重。而我的抒情诗和'哲学诗'的创作，虽然从一开始就受了传统的影响，但随着人生经验和阅历的展开，它们逐渐获得了实质的内容。我近些年的趋向，是愿意将庄谐熔于一炉，造成情感上的复杂性，悲欣交集，百感莫名。"这首《博喻课》（以及《望星空的人》等）就比较恰切地体现了作者的这一倾向。

　　而在《我的星座》中，周伟驰用沉稳而纵横时空的语言描绘出了一个"自己"，涉及命

运、渊源、偶然和必然，使人们似乎可以一睹这位"沉潜者"。他对我们所熟悉所沉浸事物的准确把握、清醒认识、锋利解构让人暗叹，在认可和领会其真相的同时，你也会信赖作者在"明了"和"察悟"后的超脱、旷远，信赖他沉静明晰的"静水流深"：

> 我醉心于三门手艺：宗教、哲学、诗歌，
> 它们神奇而无用，正如酒让马人沉醉。
> 第一个，上帝如鲸鱼搁浅，解剖者出入其间；
> 第二个，黄昏后起飞，在不夜城迷了路；
> 第三个，近似于耳语，在人类毁灭之前
> 给他们提供虚假的安慰。
>
> 我不愿把一生消磨给阴森的走廊和等级，
> 也不靠对抗获得自由，因为我本来自由。
> 像云朵没有祖国，马人没有主人。
> 而我心爱的诗人，是马查多和陶渊明。
>
> 我的诗发自野兽的惊奇，止步于智慧。
> 我的语言，入魅的时候脱魅，像金币旋转。
> 它一面用海市蜃楼安慰苦涩的马眼睛
> 一面又把它还原为水沫、尘埃和光线。
> 它从前发出蒙克的呼喊，
> 如今静水流深，水面星自坠，水下鱼自眠。

在阅读周伟驰的诗歌时，我脑中不时闪现着"智慧"二字。从某种程度上可以说，他是我们这个时代极具智慧之光的诗人之一（另一个极具智慧之光的诗人是黄灿然兄）。稍稍细想，便可发现：周伟驰的智慧是很纯正的智慧，然后他就从这种纯正里出发，带上丰厚的学识，带上思想，带上理性和经验，带上奇思异想，带上自由的天马行空的联想，带上大雅，带上思古虑今，有时带上适当的幽默、欢乐、愉悦，偶尔还带点绝不伤人的善意的讽刺，最终仍抵达了纯正——但已经是一个新的高度，一个"哲"和"思"、"理"和"光"的高度，呈现给众人的是一片新的开阔大美的风景。

这是一迟来的诗歌盛宴，更是一令人欣悦的发现：当我合上诗集，抬头向天空望去，我看到在天空中，有了一颗令人注目的熠熠闪烁的"智子星"。

时间的心脏与中和之诗

——周伟驰印象

李浩

1

　　时间和真理这两个陷入当代痼疾的形上概念，在思想史中正随时间和时代的进程被某种社会性的物理本质所强行侵占。德勒兹认为"这不是简单的经验内容，而是把真理推向危机的时间的形式或纯粹的力"。诗歌作为言说真理的最高艺术形式，诗歌或诗人在面对现世时间将真理消解成当代人的精神危机时，与哲学家、思想家不同的是，似乎每一位称得上优秀的诗人都在有意与无意之中，被这种精神或思想上的危机引导着他们的写作。我们从诗歌的形式与内容的秩序上出发，包括情感上的、词上的、价值趋向上的、审美上的、美学等级上的、个性上的，等等，其原发点之一正是从哲学的、思想的、现实的、个体深层经验中的危机与困境，或"偶然的未来"那里着眼的。这不是一个绝对的定论，只是从一个很小的角度介入进来谈论接下来要谈论的诗歌话题而已。

　　放眼天下，活跃于当今华语诗坛的年轻诗人，如果从他们开始学习写诗那时算起，专注于自己的诗歌天赋通过十几、二十几年的自我训练，成为一位身怀绝技而自成一格、独树一帜的诗人，优异者可谓比比皆是；当然，个别横空出世的天才除外，我相信写诗有天才的成分，但我更愿意接近像杜甫、黄庭坚、曹雪芹、艾略特、米沃什、卡尔维诺、希尼等这样的天才。这些人物中，简单地说，有的长于技艺，有的善于抒情，有的通晓雄辩，有的精于叙事，有的善于兼容（喜欢将各种文体杂糅进自己的诗歌文本里），有的痴迷于探求玄学与宗教精神本源，有的头脑充沛体力旺盛善于书写长诗史诗，等等，我对这样的一批诗人一直心存敬意，并且保持着很高的期待。而这些诗人，绝大多数都是隐藏着的，实乃语言之幸。今天的诗歌能够形成这样的愿景，与这个时代核心价值的真空荒诞，社会制度的僵死和具有自由个性的多元文化的相生相克密不可分，在诸多分叉的线上，"通过非共存的现在，回到并非必要的真正的过去"（德勒兹），诗歌寄生在这片各种怪力乱神的充满混沌张力的领土上，吸收着微小区域里的异域化本土化的有限资源和诗人自身开掘的隐秘而自由的空间，惊喜的是它们的长势通过诗人个体的努力共同融入了今天这种"春日传神"的精神脉象：

> 我打量，山下整个城市在满缀的桃瓣间向我
> 呈现，云朵遮蔽，阳光照耀，显出明与暗
> 使我的心情跟着视野而蔓延、扩大
> 是啊，花枝间的空隙，搭起了一个舞台
> 不过，我得劳动，风拂过我的颈
> 像在催促。我看了看桃枝
> 密密的小结上都绽满了花，有的才张开了一半
> 银白和粉红，粉柱像钟舌
> 在说着一些我听不懂的话。这些花骨朵
> 像神话里长满了眼睛的手臂
> 在空旷的春日传神。
> ——《剪枝》

其实，将周伟驰的诗歌写作放在今天这种新诗格局日新月异的现状中来重新界定，我认为这是诗评家目前非常重要的工作。上面这首长诗《剪枝》写于世纪之交，是周伟驰1982至2000年之间的杰作。在我看来，周伟驰的这首长诗，至少兼容了新诗传统中的叙事、现场、当下的日常经验，并将西方诗歌与译进汉语中的西方诗歌长久以来对汉语语言的洗刷、冲击、爆破、扩充等等，出神地转化进了汉语的古典美学中，从而精确、有效地布置着新诗的现代性。对于新诗来说，这首长诗《剪枝》可说是一个意外的收获。在周伟驰这首诗中，我们可以看到他自由调动各种声部，通过精心选择，然后提炼成诗的综合才能，让人敬佩他在诗歌中的天赋充盈而广阔。不仅如此，周伟驰在他这首有代表性的诗作中，将应然的世界冶炼成形象式的说话，让我发掘到他的天赋中还有一种创造神话的能力，但是它是有回应的，就是他这种创造神话的天赋与他个体精神中内在的远方的精神诗学有种同构性，这与海子有所不同。周伟驰更多的是偏向他极为明确的老庄哲学和历史学上互相发生的文明时期。我不否认，周伟驰的宇宙观镶嵌着自然的希腊文明和超自然的神学价值，二者的比例发生变化，前者在周伟驰2000年之后的诗歌文本中要更为突出一些，譬如在他2008至2010年期间写

的《四个世纪（组诗系列）》中表现得更为明显。这首诗作是周伟驰文学事业上的另一座高峰，它给我的感受是，可以带我到任何想去的地方。

能够长久地立足于诗坛经受那些刁钻、怪癖的读者和各路高手检验和信服的"标准"。今天的诗歌写作，虽然呈现出了一些有目共睹的成就，但是诗人在诗歌中达到某一方面的极致，在某一方面修炼出让人羡慕的绝技，在我看来这是远远不够的。在今天这样一个优秀诗人辈出的环境里，诗歌写作对诗人写诗的要求是多方面的、综合的：你不仅需要不断地精研诗歌技艺，而且要有能力驾驭各种文体并贯通于你的诗歌里，你还必须有一副天生的好嗓子能够歌唱，你还必须做到高超地叙事和抒情，你还得有写作长诗的才能同时拥有写作精妙短制的禀赋，你还得"中西并重、兼收并蓄，互相发明"（《形成"复写"——陈家坪访谈诗人、批评家周伟驰》，2015年4月15日，首发于《十月》杂志微信订阅号），等等，今天这个时代对诗人的文学抱负、雄心、学识和才能的要求，是非常高的，甚至比历史上任何一个文学时代都要综合，需要我们在写作上处理的大大小小的文学传统和复杂的社会政治、人世情感、人与万物的关系等问题也显得极为芜杂、精深，再了不起的诗人最终都要回到人格与文本的高度凝合与统一这一甄别标准上来。

在当代的诗人当中，我一直都青睐那些能够中西并重、博采众长、集百家之所长、融百家之所思，不仅能够长于百家之长，还能够有自己对艺术独到的发明、建树和对艺术之美的重新拓展与塑形，通过他们的手创作出来的作品让人的生命能够感受到无限广阔、充盈丰富的奇妙世界，从而达到中和的诗人，或进入到中和里写作的人。周伟驰的诗歌写作，带给我的这种广阔、充沛、中和的印象极为明显。他的诗歌，常常使我产生各种惊奇而笨重的收获，如同沃伦的那头黑熊，一直都保持着旺盛而庞大的头脑和体力，他似乎掌握着、驾驭着知识世界构建的知识中的真理，他随时都能够如同大鹏展翅一般徜徉其中、来去自如地"进入智慧之黑暗"中开垦、创造混沌的大海，并与其融为一体。

2

谈到周伟驰的诗，我想首先秉承传统文学批评的重要方法，即孟子提出的知人论世说，对诗人周伟驰的履历做一番简要的介绍。周伟驰，1969年末出生于湖南常德。周伟驰出生的地方，距历史上闻名的桃花源不是特别遥远。传说桃花源始建于晋代，唐宋时达到鼎盛阶段，毁于元代战乱，明清以后开始复兴。历代以来，孟浩然、李白、韩愈、苏东坡等文学大师，都曾到过此地。1982年，十二岁的周伟驰读小学五年级，并在父亲的影响下开始写诗。1983年随军迁至广东郁南。1988年考入中山大学哲学系学习。1992年考入北京大学，攻读西方哲学和基督教哲学。1996年赴加拿大温哥华Regent College学习，1998年获北大哲学博士学位，到中国社科院世界宗教所工作至今。周伟驰的成长轨迹跟他的校园生活密不可分，除了在他的出生地常德生活了十三年之外，在广东郁南生活了五年，读完中学；在广州生活了四年，读完大学；1992—1998年中的五年是在北京度过的校园生活，1996—1997年在温哥华的校园度过一年，1998年之后留在北京从事研究工作，其中2000—2001年曾去美国纽黑文学习访问。

从周伟驰的成长资料来看，他算是一位正宗的学霸型诗人，也难怪在诗学与诗歌写作上颇有远见的诗人雷武铃都惊叹他那"能够驱动一切、熔铸一切的创造力的炉火"，惊叹他那能够"把生活的泥沙冶炼成熠熠闪光的诗句"，并让他的诗歌"呈现出丰富与斑斓"的强大的艺术矿藏。这样一位天生赋有强壮心脏的诗人，必须要自觉地打开自己强健的心胸，并且他还得承担自时间与命运的双重重负，就是说他写的诗不仅属于非常难写的那一类，而且他的诗属于非常难读非常不易打动人非常排斥普通读者的那一类，甚至都是不受诗人待见的那一种。但是周伟驰深谙自己在诗歌写作上的卓越才能。周伟驰的智慧与他诗歌幅员辽阔的世界，对于这样一位独立、温和、"笨重"的诗人，自有其迎接时间、读者、诗人们的妙法。

我们刚才了解了这位诗人的成长经历，其实可以通过他的成长经历，借助文本上的时间线索，从这位诗人的知识背景入手去读他的诗，我想我们对这位不可忽视的诗人的理解或许会轻松许多。我们也可以在他的诗歌文本中，以自如出入的各种风格与题材开启这位时间之子的诗歌法门。这也是我初读周伟驰的诗歌时使用的一些办法。我记得2008年11月份，在湖北武昌的一次诗会上，周伟驰被邀请到武汉参加他们的诗会。那时候，我独居在武大九区珞珈山下的风光村里，痴迷于读书和写作。平时除了与长期生活在武汉的几位诗人、同仁保持个人与个人之间私密的诗歌交流之外，也不怎么参与那些诗歌活动，对各种诗歌江湖、帮派组成的诗歌活动我向来有种怪诞、尴尬与喧嚣浮躁之感。主要原因是我不知道这跟写作有多大关系。在我的印象中，很多卓越的作家、诗人都是活在写作之中的人。

最早知道周伟驰这个名字，是在一本质量很高的《北大诗选》里，这本诗选里有他的诗，大概是2006，或2007年前后，那时候他的诗并没有给我留下多么深的印象，只是知道了有这么一位诗人。后来，我是从荣光启教授那里得知，他是一位研究与翻译基督教神学的学者，荣教授对他也颇有好评。我便开始将目光有意地投向对他的阅读与了解之中，我对他翻译与研究的古罗马帝国时期天主教思想家、欧洲中世纪基督教神学、教父哲学的重要代表人物奥古斯丁更是异常痴迷。我通过不同的途径找来他的个人专著《奥古斯丁的基督教思想》（中国社会科学出版社，2005年）和他翻译的《论三位一体》（上海人民出版社，2005年）来读，这是我读奥古斯丁的启蒙读物。我后来系统读到的关于奥古斯丁被翻译成汉语的其他著作都是从这里开始的。就是说当时我对诗人周伟驰的了解也仅限于他对奥古斯丁的翻译与研究上。也是在诗会上，通过荣光启的介绍我才认识周伟驰。后来，在饭桌上他送给我一本三人合集《蜃景》（周伟驰、雷武铃、冷霜著，世界知识出版社，2008），我在这本诗集里，才读到他更多一些的诗。他选在《蜃景》中的诗，我曾认真读过，当时感觉写得很好，但是你越读，他会让你越发地摸不着边际，觉得这位诗人的诗歌文本内部相当驳杂、恢宏、精美、惊奇又奇怪。很难一下子叫你喜欢上他的诗，你更不敢一下子对他的诗进行一个直截了当的判断。这对诗人来说很是嘲讽。更奇怪的是，他的诗在你精心的阅读中是会变形的，你很难去固定他诗歌中某些与读者共情的东西，在他诗歌的形式与语言中，似乎一直隐藏着一个生生不息的顽强地和外界对抗的、企图吞噬掉它们与自己的对立的磁场，这个混合的精神磁场，始终在干扰你冥思、破译他那些诗时高速运动的所有脑细胞，让人难以下定论；同时在你不知不觉之间他的那些诗也将他的读者和与他的诗歌打过照面的人，统统控制在他那些诗歌的魔法之内。这种印象非常奇妙，到今天为止，仍然存在于我的感觉器官里。

　　2009年秋天，我从珞珈山来到遥远的北京之后，与周伟驰的交往，算是我在北京比较享受的日子。因为在他的身边，我总是能够认识一些像刘国鹏、杨铁军、王志军等优异而又让人钦佩的诗人朋友。我开始通过他的朋友对他诗歌的批评，以及他们交流的一些诗歌，或与诗歌无关的话题，来理解的诗。这就是我在上文中梳理周伟驰的成长与求学履历的原因，因为我发现我们从周伟驰的成长和求学背景入手来读他的诗歌，这位诗人距离我们就亲近了许多，他诗歌原本的庞杂与万千气象之貌，也变得有迹可循了。光掌握这些资料还不够，还必须结合时而如同飓风时而如同阳春一般出入在他诗歌写作中的各种风格和题材的文本。要知道站在我们面前的是一位甚为少见的中和性诗人，并且他还有一颗唯时间独有的心脏。我们也不要把周伟驰想得过于简单，他是一位有备而来的强力诗人。在他的那本诗集《避雷针让闪电从身上经过》（以下简称《避雷针》）中，让我们一饱眼福的是他那知识体系庞杂的心灵图谱，精微而宏阔地出入在时间写作的轴承上。时间必定是智慧的，周伟驰少年之时就具有这样的早慧意识。他在《避雷针》这本诗集里，让自己的写作生命开始于1986年6月1日的《花虫琥珀》一诗，他将读者的目力也汇集于此；很多朋友都知道在此之前周伟驰已经写下了很多诗作，但并未出现在这本诗集里，不仅如此，在经历过文本上的长途跋涉、合纵连横、经营与探索之后，周伟驰开始正式、自由地以自己的声音个性地构建自己的文学世界，他带着浪漫主义的古典气质告诉我们："总有一天我要击碎这水晶囚/扇动我金色的翅翼——/重又翩翩地飞舞！"

3

　　有一次，我与一些自然科学家谈到天才的可能问题，他们认为天才是天生就已存在于大道极简之状态中的异人。从自然科学的根本目的出发，从诗歌是"以少胜多的语言艺术"的本质出发，我认为这种看法颇有道理。周伟驰的诗歌写作，是那种赋有综合性写作能力的中和之诗，而他诗歌内部的生成机制是那种几何中直线型的极简空间状态，从诗歌的形式到内容，它包括了任何一个能够均衡他"第二空间"的驱动和形成的过程。这样的写作，是绝对不能只拿这位诗人的几首名篇佳作来谈论，或作为案例说事的，因为他的这种写作，包括他作为诗人的自觉意识，首先就拒绝与排除了各种诗歌流派、批评话语方式对他的写作进行归类，譬如他的《杜马教授和亨亨博士》（2000）、《时尚杂志》（1986）、《新德里之战》（1987–1988），这些诗里，有反讽，有寓言，有下半身，有口语，有卡夫卡式的变形与虚构，有打油诗的滑稽对偶，它们互相杂糅在一起，不管你在何种情况下对周伟驰做出评判与界定似乎都成了对他的曲解，同时也是对自己的一次曲解，要知道它们在诗人的身后游动着诗人生长的地理学，并支撑着它们在语言上的幽默、机智与回旋。周伟驰是一位整体作者，就是说他的任何一首诗在他的整个写作中，是连体的，是互相推进、互相粘连的，是从知识到知识大厦，是从时间到时空的，是从地方（指他生活过的湖南、广东、北京）到地理学的，等等，他的任何一首诗在他的整个写作中是不可或缺的，是不能抽离出他的写作整体的，就是说他的任何一首诗，你都得放在他整体的写作中来看，就像一棵生命之树长出了很多树干，你一旦将其中的任何一个树干截掉，他呈现出的整个精神世界就会在你的阅读中隐现，使你找不到通向整体的脉络，而失掉整块新鲜的大陆。你得将他的诗，放在他整个写作的时间谱系中，否则你根本搞不懂他为什么这么写。

每一个优秀的诗人、作家，在个人的写作上都有自己隐秘的呼吸法，这就是诗人在有限的时间里向上打通无限的时间缔造时空的能耐。周伟驰1986年写的短诗《花虫琥珀》到他1997至2000年五月写的长诗《剪枝》，可以说周伟驰这大约十四年的写作均匀地统摄了他的未来写作（具体指他2000—2010年间的诗歌写作），对于一个诗人来说这是一种极为难得的美学平衡，同时在这里面诗人一直保持着对空中的、天上的递进景观进入陆地文明与海洋文明式的横行构造，通过诗人自己和诗人的语言世界，打通或者互相接引出作为人在大地上广阔而丰富的实然世界：

> 降落之途，抵达我青石砌就的门阶
> 宛如秋天舰艇列队的先遣
> 预告我霜雪的消息。隔着季节，我遥望
> 深寒的日子，哦，我会一如今日的落秋之舞
> 除了空气的浮力，并无归依。
> 　　——《追忆（长诗节选）》

> 哥尼斯堡大教堂顶端的避雷针
> 让众多闪电从自己身上经过
>
> 好像我安静的生活
> 　　——《不愿当诗学教授的康德在哥尼斯堡林荫大道上散步》

> 我是一棵孤独的枞树。
> 我的身上曾筑有过鸟的巢窠。
> 然而我有沉默第等待爆炸的枞果
> 它们飞去。月色里弥漫着青雾。
> 　　——《克尔凯郭尔》（1990年2月28日）

在这里我们有必要继续列举：

"谦卑地立在人世，我已经安然/主啊，被忽视又何尝不是一种幸福？/我内心自有逍遥的大美长驻//它远胜于眼前这葱茏的春光/——但有何人是另一枝松木/将我的燃烧领受、传递？"（《黯淡四十行》，1992年春）

"主啊，秋天已临，我的篮子空空/盛不下一滴火焰。我爱的人儿/还没有找到，篮子却早已破损"（《秋天十四行》，1992年4月24—29日）

"把家安在此时、此地、此刻的路上？/主啊，你的爱好像一个圆环，不停地/我从你走向你，永无终点和起点。"（《九二年五月赴京复试后沿京广线返穗途中》，1992年6月17日）

"但是柔软的心灵像黑夜之雾/被闪电的利刃割开/又弥合，仿佛是一种割裂的喜悦。"（《闪电四十行》，1992年11月21日）

"今夜有一百个你的面孔在窗外/在银河的水上/像被风吹落的花瓣，向远方漂去//今夜有一百个我在无声哭泣/从每一只眼睛里/都滚落黑暗原始的泪水"（《客西马尼》，1993年秋）

"我将要腐朽了你仍在呼唤我，呵，我的神，我的救主。/世途昏暗，天空如棺材一具，星星如扎到柚木里来的白铁钉。"（《拉撒路的默求》，1994年2月17日）

"梦中之梦，诸影交错/袖、辫、靥俱在刹那间//归于寂静，如翼落真空/羽毛失其凭依，颤动/颤动出止息。风回上界/空留下尘土陶铸之身体"（《旧旅途》，1995年7月14夜)

周伟驰这一系列的诗歌，集中写于20世纪90年代初，即1992年至1995年。这些诗歌对以迷茫与困惑为主题的反崇高、反理想倾向写作，以及私人化写作、主张关注日常生活的写作、口语实验和知识分子写作的九十年代诗歌形成了内在更替与新变上的张力。一些批评者将他这一系列的诗歌简单地当作个人精神救赎的经验来看，我认为这是不完全的，正如周伟驰在一则访谈中所说："我一度对基督之爱有比较深的体会，但由于种种原因（主要是理智上的原因），我信得并不完全，也没有受洗，因此我并不能算是基督徒。但说我有比较深的宗教感是没有错的（当然，除了基督教，我还从道家和佛教那里受了不少影响）。""当我在学校里做奥古斯丁研究，读到他的时间论和永恒观时，我意识到，他所说的上帝是'永远的现在'，而人能够在不断变迁的'时间'中体验到这个'现在'，也许正是我以前体悟到的。"在周伟驰的这些诗作中，还值得大家重视的是，诗人的理性意识在这些诗歌中正在经验死亡与恐惧的圣洁，如同弥尔顿所认为的"为童真保留荣誉"的灵智时段，从而诗人在共性的个体背后"留下尘土陶铸之身"，提起手中的空篮子去行走于"天上的神殿"，并等待领受"金子般的荣誉"作为奖赏。周伟驰在这些诗歌中流露出来的对上帝的爱，其实一直被他藏匿于个人的情感与思想意识中，它是不自觉地醒着的，就像他"带着野兽的惊奇，止步于智慧"前，在文本上大胆地进行合纵连横的反文学的诗歌写作一样，这在他2000至2010年的诗作中，尤为明显。

周伟驰是一位极为善于在写作上进行伽达默尔式自由分布的诗人，他写的那些短诗一方面在启发我们，一方面在警示我们，当这二律同时在你的视线之中运行的时候，他的那些短诗，如同涓涓细流和一棵棵零星的枞树，让我们在他诗歌的星空下"走进哲学地图上所标明的智慧森林之中，感受它的温度、湿度、色彩、密度、地形、光亮、高低……"（杨震：《道成肉身的智慧之诗》）走到这里并没有结束，因为周伟驰还是一位能够不断创造出自己诗歌高峰的人物，而他最终的归向是将我们带进它们如同一片汪洋向世界张开的长诗里。周伟驰这种立体和完整的生命状态，是很少见的。

我在读周伟驰的长诗、组诗《在我八十岁那一年》（1986年7月1日）、《追忆》（1988—1991年）、《电车总站（组诗）》（1996年12月）、《剪枝》（1997年5月—2000年5月）、《话》（2000年4—6月）、《滑冰者》（2000年6月22日—10月11日）、《翅膀》（2000年10月—2001年1月15日）、《四个世纪（组诗系列）》（2008—2010年）时，想起德国存在主义哲学家、神学家卡尔·雅斯贝尔斯在他那本《历史的起源与目标》一书中提出的那个著名命题，即人类文明的"轴心时代"。雅斯贝尔斯认为，在公元前800年至公元前200年之间，尤其是公元前600年至前300年间，这个时期是人类文明精神的重大突破时期。在轴心时代里，各个文明都出现了伟大的精神导师——古希腊有苏格拉底、柏拉图、亚里士多德，以色列有犹太教的先知们，古印度有释迦牟尼，中国有孔子、老子……他们提出的思想原则塑造了不同的文化传统，也一直影响着人类的生活。而且更重要的是，虽然中国、印度、中东和希腊之间有千山万水的阻隔，但它们在轴心时代的文化上却有很多相通的地方。并且在那个时候，古希腊、以色列、中国和印度的古代文化都发生了"终极关怀的觉醒"。换句话说，就是发生在大约北纬25度至35度这个区间里的轴心时代的人们开始用理智的方法、道德的方式、美的尺度来面对这个世界，同时也产生了宗教。它们是对原始文化的超越和突破。而超越和突破的不同类型决定了今天西方、印度、中国、伊斯兰不同的文化模型。在写作上我非常期待集大成的巨人诞生，现在正在涌现一批优秀的诗作者，他们好像是活在今天这个"轴心时代"的庞大心脏，他们将在各种困难中创造出无愧于时代的诗篇：

> 我的世纪，我的野兽，谁能
> 看进你的眼
> 并用他自己的血，弥合
> 两个世纪的脊骨？

造境

周伟驰

　　每个诗人都有他理想中的诗，他不一定能写得出来。我的理想是造境，或者说生境，不管是用建筑学的还是纺织学的比喻，不管是用绘画学的还是生物学的比喻，都是说有一个比较完整的境，各部分有机地配合，适合于感情和理智的安放。从质料因到目的因，从形式因到动力因，都一一具备，无论是情境、理境还是事境，都得到完全。因此这一类诗的第一个特征，就是完整。它的秩序是有机构成的或生成的，最好没有多余的东西，如果有多余的东西，那也是无害的东西，比如盲肠。我们现在认为它无用，但可能它曾经有用，或者将来有用，只不过我们现在认识不到。所以还要容纳一些非理性的、超埋性的东西。有时，还要用来缺省和空白，正如沉默可以增加声音的强度一样。无论完境残境，都是一境。

　　传统的意境说有它的适用范围，跟它的哲学背景相吻合。在今天，它不一定是完全合用的，因为生活不是完形的意境，而是开放的、流动的人境和心境，今天要造出的是具有容纳性的弹性意境。就一首诗而言，达到一种弹性的意境仍旧是有可能的，虽然在生活中办不到，或者说只能局部地隔离得到。因为在境的营造中，一己之私的真实感受和无法无天的白日梦，以及外缘偶然凑泊而成的听闻，都是材料而已，你完全可以构筑一座文字城堡来抵抗生活的追击。

　　但是这个境应有生气流盼，不能是一座完美的死境。它的词句应有精气神的贯注，即使表面做冷漠状，无声状，也要现出营造者的匠心和计谋，在这个意义上，写出一首诗的诗人跟无中生有的上帝类似，这是"存在的类比"吗？或许诗人和艺术家具有更多的"上帝的形象"？正如上帝的灵运行在世界中，尤其运行在作为万物之灵的人的身上，因此，这个小小的诗境中，也应该有灵性，有画龙点睛的那个"睛"，有美目盼兮。这意味着诗人应该用活的口语，尽管有时出于特殊的目的用了古典语和书面语，他的句子应该像泉水一般活泼，他的比喻应该像刚出山的小老虎一样稚气，旧的语言经他的手焕然一新，好像从来没有人用过似的。最重要的是，他的眼睛作为上帝的眼睛的"形象"，有在旧世界里"看出"新东西的魔力。境由心生，如果他的心是活的，他看到的境也就是活的，这看到的境，也就是他的胸中之境，他的理境、情境和事境。同一个外部世界，无高低巧拙可言，在不同的心境中，却有了所有这些差别。活色生香，这是境的第二义。活字的背后是活人。

无物无用，就看你怎么用。诗是以少胜多的语言艺术，它异于散文和小说，异于日常用语的重复、平常和冗长。它是一种精致的折叠语，它用石墨的同样材料构成钻石。前人有很多经验之谈，平添了许多禁忌，比如少用虚词，多用实词，少用形容词，多用名词之类，这真是经验之谈，因为局限于他们自己的经验。大自然不生无用之物，语言也是。虚词、形容词用得妙，也可以远胜过实词、名词。要达到什么效果，就要采取能达到的手段，在这方面，诗应采取实用主义的态度，以及奥康的经济原则，能不用就不用，能用就用。传统诗学发明了格律、限字、限行、韵式，无一不是为了节省，以少胜多，是一种强制性的节俭规则，现在不必反过来以多胜少，因为电子时代的语言问题是，多成了灾害，少更稀少。只闻喧嚣，不见真声。当然不是说词语的禁欲主义，而是说要量体裁衣，随物赋形，真气所至之处，强力贯注，物象信手拈来，顺手搭建词语幻象，海市蜃楼。词与词有秘径相通，勾连至外物与历史，自会在城上筑城，楼外盖楼，衍生出更多幻象，构成一座幻城。这就如复写纸上的影子，一层层考古化石般层叠着历代的遗迹，而不妨碍当下人的行走坐卧。

关于诗和真各有许多说法，加起来说法更多。信言不美，美言不信，事情常常如此。诗构成它自身的律，境有它自己的命运。正如两千年的青铜与石头雕像，脱离了创造它们的手，走到了今天。境也是如此，一旦出现，便获得自己的命运。

完整、活泼、精省，这是造境的三原则。虽不能至，心向往之。

特蕾茜·K·史密斯诗选

    黑人女诗人特蕾茜·K·史密斯（Tracy K. Smith）出生于1972年。哈佛大学本科毕业，在哥伦比亚大学取得艺术硕士学位。从1997年到1999年一直在斯坦福大学做斯特格纳诗歌艺术研究。目前在普林斯顿大学任创造性写作教授，并在哥伦比亚大学、纽约城市大学、美国匹兹堡大学教授同样课程。她居住在布鲁克林。

    史密斯是四本诗集的作者。首部诗集《身体的问题》（2003年）获得2002年度"小心恶犬诗歌奖"；诗集《魔力》（2007年）荣获2006年度美国诗人学会"詹姆斯·劳克林奖"和"精华文学奖"；诗集《火星生活》2011年出版后好评如潮，被评为"纽约时报名著"；2012年史密斯凭借《火星生活》获得美国普利策诗歌奖。2017年她当选美国桂冠诗人。最新诗集《涉水》入选2018年度艾略特诗歌奖短名单。

风景画

就像是我几乎还能想起。
就像我或许曾经属于这里。

群山深深的黛绿，以及
山下落到水中的岩石峭壁。

尖峰般的屋顶，抹白灰的
砖。邻居庭院中的一条晒衣绳

用木棍支住。石径掠过
山脊。一架睡着的梯子靠着房屋。

灵魂允许保留的是什么？每一次
诞生，每一个小礼物，每一阵疼痛？我知道

我就跪在这里，因损失而心痛欲裂。在这片草地上
消磨时光，像树木计算着喜悦：柏树，

蓝冷杉，山茱萸，樱桃。永恒，不变，
向下扎入大地，向上长进历史。

喇嘛庙

很震惊被允许进去，仅此一次
没有被刷漆的铁栅栏阻止。

只是用我的双眼欣赏它（禁止拍照
标志是谨慎的，然而显著）。硬币，

钞票在一个托盘上。两个女人接着一个男人
在一尊雕像前鞠躬祈祷。外面

大门上空，一只跳跃的气球
和三只风筝在高空急速的气流上

飘向东方。还有与鸟相关的东西
奋力拍打着穿过我的视线——

这似乎能产生狂喜，没有一次
滑翔或减速的飘浮——它的照片

意味着，突然，青春，我帮不了它，
我不得不移开目光。

南锣鼓巷

我抓住每个机会，我看见每张脸，我发现我自己
搜寻着我自己、我女儿、我儿子们的一瞥。

更经常，我在那里发现从前的学生们、老情人们，
我曾经认识、现在却忘记的朋友们。我的

姐妹们，一个俄罗斯邻居，一个红头发的美国男演员。
而且继续不断，不寻常地，仿佛我们所有人必须

深深埋葬在彼此里面。

宋庄艺术村

你从画架上扯下帆布：红雏菊，
蓝色花瓶里的牡丹，一瓮百合花

像从死亡里飞走的鬼神。一幅
穿着白色连衣裙的自画像，无脸却有一只眼睛，

你周围一切可能是空荡荡的棺材
或吉他盒，或黑暗的树叶

在打旋的海上。在一根圆柱上在一个黑框里
挂着你妈妈的一张照片，一个微笑的

穿着军大衣的姑娘。"我们任何人都能救我们自己，"
你曾经写道，"救另一个人？"在她下面，

几乎，用所有胡须和崩裂的眉毛，
托尔斯泰凝视着那曾经似乎必定是

未来的方向。

慕田峪长城

遥遥领先，又一个游客踩空
抓住一块砖，

　　它脱离
他的手，在落地处摔碎。

丝妮德·莫莉赛诗选

　　丝妮德·莫里塞（Sinead Morrissey，1972—　　），英国北爱尔兰女诗人。生于北爱尔兰阿马郡波塔当市。6岁时，随全家迁居贝尔法斯特。她曾就读于都柏林三一学院，在那里她获得了学士学位和博士学位。她是那种早慧型的诗人，1990年18岁时，获得爱尔兰最重要的诗歌奖——帕特里克卡瓦纳诗歌奖。此后一直被认为是英国深具潜力的一位女诗人。至今，她已出版《温哥华之火》（*There Was Fire in Vancouver*，1996）、《在这里和那里之间》（*Between Here and There*，2001）、《监狱的国家》（*The State of the Prisons*，2005）、《透过方窗》（*Through the Square Window*，2009）等诗集。2014年1月，凭借第五部诗集《视差》

（*Parallax*）获得T.S.艾略特诗歌奖，是首位获此殊荣的北爱尔兰诗人。评审团主席伊恩·杜赫格评论说："这部诗集融合了政治、历史和个人雄心,语言表达优美,她的书如其标题暗示的一样，是多角度的。"

天花板上的镜子

两年前我取下它，但他仍然来敲门。
在他内心有那么多的空间。
我给他外在的一切——
我脊柱的长曲线；胳膊，脚，大腿。
他是演员和他自己想象的导演，
渴望每一个外景。那移动着的
我头上的王冠是他的天堂里升起的新星。

从不完整从不孤单，我不得不需要它
在它的视野之外。没有出现，没有映像——
甚至不在他的眼里，这样在他的自身之外，
这样在他的自身之内，这样落到他自身的每一个细胞上——
我不过是盲目判断徒然渴望而已。
他站在我的门口，恳求他丢失的巴比妥盐，
但镜子在屋外。我答应蜘蛛网，刷白。

表演

生命在于运动
——1930—1939年妇女健美联盟的口号

1936年，海德公园。普通民众冷得要戴围巾和帽子，
但除了草地上一万五千名健美联盟
表演健美操的妇女之外。天可能下雪，
来自布罗姆利、克里登、斯劳、格拉斯哥、
贝尔法斯特的她们，会仅仅穿着

绸缎灯笼裤、无袖缎子衫

去旋转、伸展、弯曲那身体之美。雅典在伦敦，

在湿透的天空下，维妮、莫莉和桃瑞丝变形了。

在旋转着胳膊和腿的工作人员边缘，

苍白如紫草——一支尚未行动但已差不多准备好的军队——

有备着烤饼和茶的帐篷。小家伙们，被带来观看

戴着帽子，扎着辫子，扭动在帆布椅子里。他们的妈妈

携带着禁用的巨大手提包，搁在膝上，闻得到幽谷

百合的芬芳。外围四处，

穿着外套的人们缩成一团，在出自办公室

和调车场的烟雾中，开玩笑，聊天，打手势——

但他们多半只是安静地看，并热切关注，

像盯上赛马场的马匹，不过有多得多的选择。

那些人挤满热气腾腾的电影院之后，一个评论员，

突然陶醉地，宣称不列颠女人气质的完美：

让她们属于未来！——虽然玛丽·巴戈特·斯塔克已是在天之灵，

但这就是她的梦，大家以微笑回报。她们的头发剪短，苗条，

一致——整齐如德国少女联盟，或是一支为好莱坞

安排的合唱队，适合于生育，妇女们旋转、踢腿，

踩脚——摇摆和交叉——抬起，连接双手或突然

跪倒，平直如可拆卸的建筑中的钉子，然后再次向上

后跳，为了生命在于运动，她们一直在运动。

见鬼去吧，她们还是被叫好。扭伤。

见鬼去吧，莉齐·埃文斯和她的憎恨。

随着血和醋。随着最后进入锡浴盆。

随着抽丝长袜。随着在工厂疼痛的手腕。

我有新鲜的——空气——他们许诺

给我的身体。扭伤。强烈的紧张情绪。

早期电影放映机

双重烦恼。幽灵咖啡馆，深夜

在卧室：每一部早期电影放映机讲它的

令人振奋的故事，在它的投币口投下一便士

摇动把手。模仿着端庄，
海报展示一位维多利亚时代严肃的淑女
弓身于玻璃前，仿佛在窗台花盆上

嗅着水仙花，她的帽子是一股喷泉。
一个电影世界，在公共场所
很受欢迎，实际上，这是一部私人机器

她的紧张不安、忽隐忽现的婚姻战争，
一个骑自行车的猴子，或一位在脱衣服的夫人
那是透过锁孔，男管家看见的，

远景，同一时间
无其他人观看。先生或女士，你的手是
使窗框变成方形的手，解开窗钩

在那转轴顶上，放置八百张
单张照片翻转着进入黑暗
以牛皮纸做背景

但展示给你看每个镜头，在它们消失之前。
仅仅为你在舞台上演示两个哑姑娘
起先摇摇晃晃，当静电干扰时不稳定

在每个影像之间连接的空白中，
对生命不知不觉的震惊——
露齿而笑，跳踢踏舞，变成连续镜头，

她们的胳膊像完美的活塞，她们的腿像刀子……
这持续一分钟，她们已被写下的生活映射到光上。

维贾伊·瑟哈德里诗选

维贾伊·瑟哈德里1954年出生于印度班加罗尔，五岁来到美国。他的父亲在俄亥俄州立大学教化学，他在俄亥俄州哥伦布市长大。他曾在太平洋西北地区度过了五年的捕鱼和伐木生涯，后在纽约哥伦比亚大学攻读中东语言和文学博士课程。现任教于莎拉劳伦斯学院，教授诗歌和散文写作，住在布鲁克林。

他先后出版诗集：《野生动物王国》（1996年）；诗《长草甸》（ 2004年），荣获美国诗人学院颁发的詹姆斯·劳克林奖；《三部分》（2013年）获2014年普利策诗歌奖。他也是第一个获得普利策诗歌奖的亚洲裔诗人。

很简单，像一首歌

山里的那条沟必定一直是
一道悬崖峭壁里的峡谷。
在这附近土地都变了，
由于风和水的侵蚀，
但还不至于让我们想不起来
以前是怎样的：
在高原上，在必定一直是悬崖的那边，
无数的动物群落在阳光下歇息，
跪着，啃着草，
懒洋洋的路堤向下延伸到河道
散布着小黄花，现已灭绝，
它必定类似于白屈菜。
我们推定说，
但我们知道我们能断言这么多：
他们害怕，
所以他们爬下峡谷到这地方，
那时远比今天有更多保护。
他们害怕什么？并非
动物而是动物的真相：
动物生存，
他们自身生存，
存在的同时可能也不存在的万物——

这是他们的一个而且是唯一的启示，
——他们一次次回来
往下百年和五万年
绝不会比他们现在多抵达一英寸远，
当他们所感觉的一切是恐惧时。
所以他们爬下来藏在这儿。
而且，然后，他们教自己埋葬他们的死者。
他们感觉到在他们周围虚无的压迫，
在这地方他们开始挖掘坟墓，
用他们薄片状的手斧。
一个人喜欢上压迫及其感觉
他会教自己去制造
多余的死者以喂给坟墓。
一个女人教会她自己窃窃私语。
有一天他们会成为
欧里庇得斯、萨拉丁、甘地，
潘克赫斯特、德瑞博士，以及一个特里·巴特勒
他握着莱·特纳的手，
在堪萨斯城的一间酒吧里，
还握着哈珊·罗兰·柯克的手。
始终，恐惧
在他们身边活着，
而伴随着它的音效是鼓击打着，
那么迫切，那么便捷，
他们使自己确信一切很好
只要鼓在击打着，
当鼓声停止，他们才需要担忧。

如同渴望这样的东西

法蒂哈·莫奇德

诺丁·祖特尼译自阿拉伯文

杨于军译自英文

顺其自然

床
逃避
肋骨的疼痛

桌子
缺乏信心
无法在我手下
稳定

座位
厌倦了
整夜站在字母的
门口

墨汁
像康复期的恋人一样
在忧伤

杯子
饥渴
深思过去的苦涩

窗户
关住了
我的梦

全部在我的屋子里
我失望的见证

当我避开启示

顺其自然

这份爱
比我的纸张所能承受的
更深厚

水生的爱情

水生的爱情
如何能攀登山峰

山峰又怎么能
像琼浆一样流淌

把我放进你床边的笼子里
就像一只闹钟
编织时间的皱褶
在你眼睑上敲击

每当夜幕降临
我吟唱：
"哦　夜晚
待得久一些吧
把我带回
开始"
我要准备的
为山峰从雪中出现
而不是
肋骨的温暖居所

而诗歌
由我的欲望组成

因为你没有海
我收集
所有的海
在蓝色香水的瓶中

因为我没有山
我用自己内部
磨损的骨头
建立

因为我们没有时间
就把永恒
缩减成
一个致命的拥抱

返程列车

列车
把我从你温柔的子宫带回
越接近目的地
我就越远离自己

我妒忌树木
朝你的方向
疾驰
仿佛完美的瞬间

而想象散布
回放我们的相遇

缓慢
仿佛一个啜饮最
后几滴的人

远处
由来已久的
是我们年轻的
爱情

来自生活

如果我不了解陷阱
它认识我
很多次我转身
很多次我跌倒
很多次我交叉双臂
这样我的心才不至于迸裂
从你凝视的寂静中

仿佛你低低的云

我害怕
如果我熟睡
确信明天准确的时间
准确让我再次
确信

来自生活

很多响尾蛇
在疯狂的原野上
老去

还有语言的原野

我从没错过和秋天的
约会

每当我用茉莉花
装饰我的前额
哀悼很快来临

不在意

我准备好
为更多的灰烬

那么燃烧我们
爱的尸体吧

不要在意
字母、信件的墨迹

他说我需要你

他说我需要你
噢　但愿他知道
我多么需要自己

我离自己孤独的距离
是多么凄凉

我已经厌倦了给与
心中只有疑惑

你的心充满确信
梦的奢侈
无瑕的幻象
等待我的
是一个又一个的

明天

而我的幻象
早已离开我

在昨天以前

曾经的一个雨天

她会在一个雨天
到来

她会把潮湿的记忆
挂在衣夹上
把黏在高跟鞋上的
疑惑的泥土
摆脱

赤脚冲进他的含糊其词
带着黑暗般的
犹豫

她会裸体般优雅地
走向他
简洁如处子的梦
高耸如渴望的山峰
机缘般
不可思议

夜会降临
穿着短袍
拥抱如啜泣一样
频繁

早上会从懊悔的窗子
破晓

无情
仿佛磕磕绊绊的爱情

黄昏的手掌

我抓住太阳的
最后一次眨眼
在我的杯子里
和黄昏的手掌一起
入睡

我的寂静
轻轻地攀登

一道闪光
躺在满足的怀抱里

从此不再恐惧
死亡

爱情近在咫尺

离爱情咫尺之遥

她很快
失望
感觉异常尖锐
仿佛
一个错过约会的人

空荡的床
会伤人

它隐秘地噬咬着
她的苹果

苹果
生命短暂

康乃馨的震颤

康乃馨的震颤
诱惑你
你闭上眼睛
每当微风掀起
我的裙裾
我大腿的白色
刺激着
你的羞怯

你的青春
绊倒在我的裙裾下
诱惑着我

每当我的声音
吹拂
在电话线上